中國古典文學理論批評專著選輯

談龍録

趙執信　著

石洲詩話

翁方綱　著

陳邇冬　校點

人民文學出版社

圖書在版編目(CIP)數據

談龍録＝石洲詩話/(清)趙執信,(清)翁方綱著;陳邇冬校點.—北京:人民文學出版社,2019
(中國古典文學理論批評專著選輯)
ISBN 978-7-02-013638-4

Ⅰ.①談… Ⅱ.①趙… ②翁… ③陳… Ⅲ.①詩話—中國—清代 Ⅳ.①I207.22

中國版本圖書館CIP數據核字(2017)第319618號

責任編輯 董岑仕
裝幀設計 吴 慧
責任印製 王重藝

出版發行 人民文學出版社
社 址 北京市朝内大街166號
郵政編碼 100705
網 址 http://www.rw-cn.com

印 刷 三河市宏盛印務有限公司
經 銷 全國新華書店等

字 數 242千字
開 本 880毫米×1230毫米 1/32
印 張 12.125 插頁2
印 數 1—5000
版 次 1981年1月北京第1版
印 次 2019年9月第1次印刷

書 號 978-7-02-013638-4
定 價 42.00圓

如有印裝質量問題,請與本社圖書銷售中心調换。電話:010-65233595

目録

談龍録

談龍録

余幼在家塾，竊慕爲詩，而無從得指授。弱冠入京師，聞先達名公緒論，心怦怦焉，每有所不能慊。既而得常熟馮定遠先生遺書，心愛慕之，學之，不復至於他人。新城王阮亭司寇，余妻黨舅氏也，方以詩震動天下，天下士莫不趨風，余獨不執弟子之禮。聞古詩别有律調〔一〕，往請問，司寇靳焉。余宛轉竊得之。司寇大驚異。更覩所爲詩，遂厚相知賞，爲之延譽。然余終不肯背馮氏。且以其學繩人，人多不堪，間亦與司寇有同異。既家居，久之，或搆諸司寇，浸見疎薄。司寇名位日盛，共後進門下士、若族子姪，有借余爲諂者，以京師日亡友之言爲口實。余自惟三十年來，以疎直招尤，固也，不足與辯。然厚誣亡友，又慮流傳過當，或致爲師門之辱。私計半生知見，頗與師説相發明，向也匿情避謗，不敢出，今則可矣。乃爲是録。以所藉口者冠之篇，且以名焉。

康熙己丑夏六月，趙執信序。

【校記】

〔一〕「律調」，雅雨堂本作「聲調」。

一

錢塘洪昉思（昇）〔一〕，久於新城之門矣〔二〕，與余友。一日，並在司寇宅論詩，昉思嫉時俗之無章也，曰：『詩如龍然，首、尾、爪、角、鱗、鬣一不具，非龍也。』司寇哂之曰：『詩如神龍，見其首不見其尾，或雲中露一爪一鱗而已，安得全體！是雕塑繪畫者耳。』余曰：『神龍者，屈伸變化，固無定體；恍惚望見者，第指其一鱗一爪，而龍之首尾完好，故宛然在也。若拘於所見，以爲龍具在是，雕繪者反有辭矣。』昉思乃服。此事頗傳於時。司寇以告後生，而遺余語。聞者遂以洪語斥余，而仍侈司寇往説以相難。惜哉！今出余指，彼將知龍。〔三〕

【校記】

〔一〕因園本人名均作小注，雅雨堂本均作大字，下同。

〔二〕『矣』字，雅雨堂本無。

〔三〕此條後，雅雨堂本有小注案語：『案，兩説相參，是一是二，願學者深思之。』

二

阮翁律調〔一〕，蓋有所受之，而終身不言所自。其以授人，又不肯盡也。有始從之學者，既得名，轉以其説驕人，而不知己之有失調也。余既竊得之，阮翁曰：『子毋妄語人！』余以爲不知是者，固未爲能詩；僅無失調而已，謂之能詩，可乎？故輒以語人無隱。然罕見信者。

【校記】

〔一〕『律調』，雅雨堂本作『聲調』。

三

聲病興而詩有町畦。然古今體之分，成於沈宋。開元天寶間，或未之遵也。大曆以還，其途判然不復相入。由宋迄元，相承無改。勝國士大夫，浸多不知者，不知者多，則知者貴矣。今則悍然不信。其不信也，由不明于分之之時；又見齊梁體與古今體相亂，而不知其别爲一格也。常熟錢木庵（良擇）推本馮氏，著唐音審體一書，原委頗具，可觀采。

四〔一〕

頃見阮翁雜著，呼律詩爲『格詩』，是猶歐陽公以八分爲隸也。

【校記】

〔一〕按，雅雨堂本無此條。

五

詩之爲道也，非徒以風流相尚而已，記曰：『温柔敦厚，詩教也。』馮先生恒以規人。小序曰：『發乎情，止乎禮義。』余謂斯言也，真今日之針砭矣夫。

六

或曰：『禮義之説，近乎方嚴，是與温柔敦厚相妨也。』余曰：『詩固自有其禮義也。今夫喜者不可爲泣涕，悲者不可爲歡笑，此禮義也。富貴者不可語寒陋，貧賤者不可語侈大，推而論之，無非禮義也。其細焉者，文字必相從順，意興必相附屬，亦禮義也。是烏能以不止耶！』

七

崑山吴修齡（喬）論詩甚精，所著圍爐詩話，余三客吴門，徧求之不可得。獨見其與友人書一篇，中有云：『詩之中，須有人在。』余服膺以爲名言。夫必使後世因其詩以知其人，而兼可以論其世，是又與於禮義之大者也。若言與心違，而又與其時與地不相蒙也，將安所得知之而論之？

八

修齡又云：『意喻之米，文則炊而爲飯，詩則釀而爲酒。飯不變米形，酒則變盡。噉飯則飽，飲酒則醉。醉則憂者以樂，喜者以悲，有不知其所以然者。如凱風、小弁之意，斷不可以文章之道平直出之也！』至哉言乎！

九〔一〕

司寇昔以少詹事兼翰林侍講學士，奉使祭告南海，著南海集。其首章留别相送諸子云：『蘆溝橋上望，落日風塵昏。萬里自兹始，孤懷誰與論？』又云：『此去珠江水，相思寄斷猿。』不識謫宦遷客，更作何語！其次章與友夜話云：『寒宵共杯酒，一笑失窮途。』窮途定何許？非所謂詩中無人者耶！余曾被酒於吴門亡友顧小謝（以安）宅，漏言及此，客坐適有入都者，謁司寇遂以告也。斯則致疏之始耳。

【校記】

〔一〕按，雅雨堂本無此條。

一〇

客有問余者曰：『唐宋小説家所記，觀人之詩，可以決其年壽禄位所至。有諸？』答曰：『詩以言志，志不可僞託。吾緣其詞以覘其志，雖傳所稱賦列國之詩，猶可測識也，矧其所自爲者耶！今則不然：詩特傳舍，而字句，過客也。雖使前賢復起，烏測其志之所在？』

一一〔一〕

德州田侍郎綸霞（雯），行視河工，至高家堰。得詩三十絶句。南士和者數人。余適過之，亦以見屬。余固辭。客怪之。余曰：『是詩即我之作，亦君作也。』客曰：『何也？』曰：『徒言河上風景，徵引故實，誇多鬭靡而已。孰爲守土？孰爲奉使？孰爲過客？孰爲居人？且三十首重複多矣，不如分之諸子。』客憮然而退。

【校記】

〔一〕按，雅雨堂本無此條。

一二

凡一題數首者，皆須詞意相副，無有缺漏枝贅，其先後亦不可紊也。顧小謝每舉少陵兩過何將軍園林詩以示學者，余謂此詩家最淺近處。不見文選所録魏晋人詩，分章者，尋其首尾，如貫珠然。近人試爲二首，都無次第。不潛心也。

一三〔一〕

小謝有消夏録，其自叙頗詆阮翁。阮翁深恨之。然小謝特長於機辯，不説學，其持論仿佛金若采耳，不足爲阮翁病。然則阮翁奚爲恨之？曰：阮翁素狹，修齡亦目之爲『清秀李于鱗』，阮翁未之知也。

【校記】

〔一〕按，雅雨堂本無此條。

一四

山陽閻百詩（若璩），學者也。唐賢三昧集初出，百詩謂余曰：『是多舛錯，或校者之失，然亦足爲選者累〔一〕。如王右丞詩：「東南御亭上，莫使有風塵」，「御」訛「卸」，江淮無「卸亭」也。孟襄陽詩：「行侶時相問，涔陽何處邊？」「涔」訛「潯」，涔陽近湘水，「潯陽」則遼絶矣。祖詠詩：「西還不遑宿，中夜渡京水」，「京」訛「涇」，京水正當圃田之西，「涇水」則已入關矣。』余深韙其言，寓書阮翁，阮翁後著池北偶談，内一條云：『詩家惟論興會；道里遠近，不必盡合，如孟詩「暝帆何處泊？遥指落星灣」，落星灣在南康』云云，蓋潛解前語也。噫！受言實難。夫『遥指』云者，不必此夕果泊也。豈可爲『潯陽』解乎？〔二〕

【校記】

〔一〕『然亦足爲選者累』七字，雅雨堂本無。

〔二〕『寓書阮翁』起至本條末，雅雨堂本無。

一五〔一〕

百詩考據精核，前無古人。好爲詩，自謂不工，然能知其指歸。余與申論三昧集曰：『右丞云，

「人閑桂花落，夜静春山空」，諸家曲爲之解，當闕疑也。儲光羲云，「山雲拂高棟，天漢入雲流」，下句「雲」字定誤。不輕改正可也；漫而取之，使人學之，可乎？李頎緩歌行，夸炫權勢，乖六義之旨。梁鍠觀美人卧，直是淫詞，君子所必黜者。』百詩大以爲然。比歲阮翁深不欲流布三昧集，且毁池北偶談之刻，其亦久而自知乎？

【校記】

〔一〕按，雅雨堂本無此條。

一六

詩人貴知學，尤貴知道，東坡論少陵『詩外尚有事在』是也。劉賓客詩云：『沉舟側畔千帆過，病樹前頭萬木春』，有道之言也。白傅極推之〔一〕。余嘗舉似阮翁，答曰：『我所不解。』

【校記】

〔一〕『白傅』前，雅雨堂本有一『故』字。下『余嘗』至條末十二字，雅雨堂本無。

一七〔一〕

阮翁酷不喜少陵，特不敢顯攻之，每舉楊大年『村夫子』之目以語客。又薄樂天而深惡羅昭諫。余謂昭諫無論已，樂天秦中吟新樂府而可薄，是絶小雅也。若少陵有聽之千古矣，余何容置喙。

【校記】

〔一〕按，雅雨堂本無此條。

一八

青蓮推阮公、二謝；少陵親陳王，稱陶、謝、庾、鮑、陰、何，不薄楊、王、盧、駱。彼豈有門户聲氣之見而然？惟深知甘苦耳。至宋代，始於前輩有過情之論，未若明人之動欲掃棄一切也。今則直汩没於俗情積習中，非有是非矣。後人復畏後人，將於何底乎！

一九

『清新』『俊逸』，杜老所重，要是氣味神采，非可塗飾而至。然亦非以此立詩之標準。觀其他日稱李，又云：『筆落驚風雨，詩成泣鬼神』；其自詡，亦云：『語不驚人死不休』，則其於庾鮑諸賢，咸有分寸在。

二〇

司空表聖云：『味在酸鹹之外。』蓋概而論之，豈有無味之詩乎哉！觀其所第二十四品，設格甚寬，後人得以各從其所近，非第以『不著一字，盡得風流』爲極則也。嚴氏之言，寧堪並舉？馮先生糾之盡矣。

二一

唐賢詩學，類有師承，非如後人第憑意見。竊嘗求其深切著明者，莫如陸魯望之叙張祜處士也，曰：『元和中，作宫體小詩，辭曲豔發。輕薄之流，合譟得譽。及老大，稍窺建安風格，讀樂府録，知作者本意，短章大篇，往往間出，講諷怨譎，與六義相左右，善題目佳境，言不可刊置别處，此爲才子之最也。』觀此可以知唐人之所尚，其本領亦略可窺矣。不此之循，而蔽於嚴羽囈語，何哉？

二二

余讀金史文藝傳，真定周昂德卿之言曰：『文章工於外而拙於内者，可以驚四筵而不可以適獨坐，可以取口稱而不可以得首肯。』又云：『文以意爲主，以言語爲役。主强而役弱，則無令不從。今人往往驕其所役，至跋扈難制，甚者反役其主。雖極詞語之工，而豈文之正哉！』余不覺俛首至地。蓋自明代迄今，無限鉅公，都不曾有此論到胸次。嗟乎，又何尤焉！

二三

攻何李王李者曰：『彼特唐人之優孟衣冠也。』是也。余見攻之者所自爲詩，蓋皆宋人之優孟衣冠也。鈞優也，則從唐者勝矣。余持此論垂三十年矣，和之者數人，皆力排規橅者。余曰：亦非也，吾第問吾之神與其形；若衣冠，聽人之指似可矣。如米元章著唐人衣冠，故元章也。苟神與形優矣，無所著而非優也。是亦足以暢曩者談龍之指也。

二四

始學爲詩，期於達意。久而簡澹高遠，興寄微妙，乃可貴尚。所謂言見於此而起意在彼，長言之不足而咏歌之者也。若相競以多，意已盡而猶刺刺不休，不憶祖詠之賦終南積雪乎！

二五

句法須求健舉，七言古詩尤亟。然歌行雜言中，優柔舒緩之調，讀之可歌可泣，感人彌深，如白氏及張王樂府具在也。今人幾不知有轉韻之格矣。此種音節，懼遂亡之。奈何！

二六

長篇鋪張，必有體裁，非徒事拉雜堆垛。余昔在都下，與德州馮舍人大木（廷櫆）並得名，日事唱和。會有得諸葛銅鼓者，大木先成長句二十韻，余繼作四十韻，盛傳於時，皆爲閣筆。江都汪主事蛟門（懋麟），王門高足也，内崛强，阮翁適得浯溪磨厓碑，蛟門亟爲四十韻以呈，阮翁贊之不容口，〔一〕以示余，余覽其起句曰：『楊家姊妹顔妖狐』，遽擲之地，曰：『詠中興而推原天寶致亂之由，雖百韻可矣，更堪作爾語乎！』阮翁爲之失色者久之。〔二〕

【校記】

〔一〕『贊之不容口』五字，雅雨堂本無。

〔二〕『阮翁爲之失色者久之』九字，雅雨堂本無。此條後，雅雨堂本有小注案語：『案，時賢誇多鬥麗，動輒千言，競取冗長，何關體要？故先生持此論以矯之，至詠中興不得不推原天寶，衹須略舉大綱，或於起處轉處數語括之，毋事搿撦過富、喧客奪主也。「楊家姊妹」一詩，百尺梧桐閣全集所删，則前輩之虚心服善，亦於此可見也。』

二七〔一〕

奬掖後進，盛德事也。然古人所稱引必佳士，或勝己者，不必盡相阿附也。今則善貢諛者斯賞之而已。後來秀傑，稍露圭角，蓋罪謗之不免，烏覩夫盛德！

【校記】

〔一〕按，雅雨堂本無此條。

二八〔一〕

文章原本六經，詩亦文也。余意尤重春秋。非春秋則取舍乖而體不立矣。昔人所爲致『嚴於一字』者，取諸春秋也。余曾爲先叔祖清止公行實，中間頗有所諱，阮翁爲益數行，余自是甘自疎。

【校記】

〔一〕按，雅雨堂本無此條。

二九

本朝詩人，山左爲盛。先清止公與萊陽宋觀察荔裳（琬）同時，繼之者新城王考功西樵（士禄）及其弟司寇，而安丘曹禮部升六（貞吉）、諸城李翰林漁村（澄中）、曲阜顔吏部修來（光敏）、德州謝刑部方山（重輝）、田侍郎、馮舍人後先並起。然各有所就，了無扶同依傍，故詩家以爲難。秀水朱翰林竹垞（彝尊）、南海陳處士元孝（恭尹）、蒲州吴徵君天章（雯），及洪昉思，皆云然。

三〇

詩家用字，最忌鄉音。今吴越之士，每笑北人多失黏。而鄉音之失，南中尤甚。是小節也，而殊費淘汰。阮翁昔嘗謂余曰：『吾鄉若老夫與子與修來，庶免於傖之誚也。』相與一笑。

三一

或問於余曰：『阮翁其大家乎？』曰：『然。』『孰匹之？』余曰：『其朱竹垞乎！王才美於朱，而學足以濟之；朱學博於王，而才足以舉之。是真敵國矣。他人高自位置，强顔耳。』曰：『然則兩先生殆無可議乎？』余曰：『朱貪多；王愛好。』

三二

嘗與天章、昉思論：阮翁可謂言語妙天下者也。余憶敖陶孫之目陳思王云：『如三河少年，風流自賞。』馮先生以爲無當。請移諸阮翁。

三三

次韻詩，以意赴韻，雖有精思，往往不能自由。或長篇中一二險字，勢雖强押，不得不於數句前預爲之地，紆迴遷就，以致文義乖違，雖老手有時不免。阮翁絶意不爲，可法也。

三四

元、白，皮、陸，並世頡頏，以筆墨相娱樂。後來效以唱酬，不必盡佳，要未可廢。至於追用前人某詩韻，極爲無謂，猶曰偶一爲之耳。遂有專力於此，且以自豪者，彼其思鈍才庸，不能自運，故假手舊韻，如陶家之倚模製，漁獵類書，便於牽合，或有蹉跌，則曰韻限之也。轉以欺人，嘻，可鄙哉！

三五

强爲七言長古詩者，如瞽者入市，唱吅不休。强爲五言短古詩者，如貧士乞憐，有言不盡。皆足以資笑噱。若近體詩之塗朱傅白，搔頭弄姿者，勿與知可也。

三六

千頃之陂，不可清濁；天姿國色，麤服亂頭亦好；皆非有意爲之也。儲水者期於江湖，而必使之瀠洄澄澈，是終爲溪沼耳；自矜容色，而故毁其衣妝，有厭棄之者矣。免於此二者，其惟吴天章乎！

三七

天章絶口不談詩，獨與余細論，甚相得也。出詩卷，屬余評騭。余以飢軀少暇，請俟異日。今天章已下世，其詩卷余不可得而見矣。愧負良友，悲夫！

三八

昉思在阮翁門，每有異同。其詩引繩削墨，不失尺寸。惜才力窘弱，對其篇幅，都無生氣。故常不滿人，亦不滿於人。

附録

重刻趙秋谷先生談龍録並聲調譜序

盧見曾

益都趙秋谷先生以詩名天下，生平所爲詩凡數種，合若干卷。殁後，閣學滇南李公視學吾鄉，從其令嗣得先生手定本，余乞之，而版行于世。序曰：　先生少負才名，弱冠即擢高科、入翰苑，聲華震一世，顧一蹶不復振，退而老于名山大川之間者垂五十年。所爲詩，簡澹高遠，寄興微妙，讀之者悄然而思，悠然而移我情，洵古作者之傑也。先生同時，新城王漁洋司寇，方以詩學主盟中夏，海内工吟咏者，争出其門，得其一言，聲譽頓起。先生稍晚出，顧不肯爲之下，間出其意見相同異。漁洋初爲延譽，後乃銜之。先生著談龍録以見意。兩家門弟子互相訾謷，至引先生此書爲口實。吁，亦過矣！往嘗怪西漢經師，各持門户，公穀兩家，互争同異，黨枯護朽，入主出奴。今于詩亦復然，可發一嘆也。蓋嘗提談龍録而論之，其援引各條，如『發乎情，止乎禮義』，如『詩以言志』、『詩之中須有人在』、『詩之外尚有事在』，三百篇復作，豈能易斯論哉？又云：『文以意爲主，以言語爲役，主强而役弱，則無令不從。』又云：『「清新」「俊逸」，杜老所重，要是氣味神采，非可塗飾而至。』然亦非以此立詩之標準。又先生論詩絶句云：『欲知秋色分明處，只在空山落照中。』種種足參微言，而其論漁洋，則曰『大家』，曰『言語妙天下』。嗚呼！是亦足矣。漁洋分甘餘話載與曹祭酒禾論歌行，曹云：『杜李韓蘇，語句特有利鈍，先生獨無瑕可攻。』公云：『四公詩，如萬斛泉源，不擇地而生。予特鑑湖一曲。』此與先生『千頃之波，不可清濁，必使瀠洄澄澈，則終爲溪沼』之論正同，而謂『愛好』一言，遂足以爲漁洋病，則持門户者之過也。竊謂詩以道性情，其體有風、雅、頌之不同，又有比、興、賦之異，自三百篇以至今日，爲詩者第各就其性情之所近，必欲執一格以繩之，豈通論哉？余既梓行先生之詩，因並取談龍録附之卷末，以告世之善讀是書者。

（道光二十年清雅堂刻本盧見曾雅雨堂文集卷一）

四庫全書總目　談龍録一卷

（浙江巡撫採進本）

國朝趙執信撰。執信爲王士禎甥壻，初甚相得，後以求作觀海集序不得，遂至相失。因士禎與門人論詩，謂當作雲中之龍，時露一鱗一爪，遂著此書以排之。大旨謂詩中當有人在。其謂士禎祭告南海都門留別詩，『盧溝河上望，落日風塵昏。萬里自茲始，孤懷誰與論』四句，爲類羈臣遷客之詞。又述吳修齡語，謂士禎爲『清秀李于鱗』。雖忿悁著書，持論不無過激。然『神韻』之説，不善學者往往易流於浮響。施閏章『華嚴樓閣』之喻，汪琬『西川錦匠』之戒，士禎亦嘗自記之。則執信此書，亦未始非預防流弊之切論也。近時揚州刻此書，欲調停二家之説，遂舉録中攻駁士禎之語，概爲删汰。於執信著書之意，全相乖忤，殊失其真。今仍以原本著録，而附論其紕繆如右。

（乾隆六十年浙刻本四庫全書總目卷一九六詩文評類二）

石洲詩話

石洲詩話

自叙〔一〕

自乙酉春迨戊子夏，巡試諸郡，每與幕中一二同學，隔船窗論詩，有所剖析〔二〕，隨手劄小條相付，積日既久，彙合遂得五百餘條。秋間諸君皆散歸，又届報滿受代之時，坐小洲石畔，日與粤諸生申論諸家諸體，因取前所劄記散見者，又補益之，得八百餘條。令諸生各鈔一本，以省口講，而備遺忘，本非詩話也。時乾隆三十三年九月二十四日，覃谿〔三〕。

【校記】

〔一〕自叙及卷一至卷五，用南京圖書館藏翁方綱手校謄清稿本校。

〔二〕『析』，謄清稿本原作『晰』，翁方綱圈去左『日』旁。

〔三〕『谿』下謄清稿本有一『記』字。

卷一

一

入唐之初，永興、鉅鹿並起，而鉅鹿骨氣尤高。

二

王無功以真率疎淺之格，入初唐諸家中〔一〕，如鸞鳳羣飛，忽逢野鹿，正是不可多得也。然非入唐之正脈。

【校記】

〔一〕『諸家』二字謄清稿本原無，翁方綱校補增入。

三

劉汝州希夷詩，格雖不高，而神情清鬱，亦自奇才。

四

李巨山汾陰行末四句，明皇聞而掩泣，曰：『李嶠真才子也。』此事互見明皇傳信記及鄭嵎津陽門詩注。而一以爲將幸蜀登花萼樓，使樓前善水調者，登而歌之；一以爲過劍閣下望山川，忽憶水調辭。二條小異。

漢武秋風辭，此結四句脱胎所自也。用其意而不用其詞，特爲妙麗。至老杜渼陂行竟用其辭而並不相犯，乃尤妙也。此即詞場祖述，可覘古人之變化。

五

李巨山詠物百二十首，雖極工切，而聲律時有未調，猶帶齊梁遺習，未可遽以唐人試帖例視。

六

薛少保驅車越陝郊一篇，即杜詩所謂『少保有古風，得之陝郊篇』者也。古風蓋指擬古詠懷之體。今觀此詩，依然阮公遺意也。可見唐初諸公，原有此一種，直至陳拾遺乃獨用此格，直接古調耳。此可見少陵之於唐賢，處處尋求古人門户。

七

詩有可以不必分古今體者，如劉生、驄馬、芳樹、上之回等題，後人即以平仄粘聯之體爲之，豈應别作律詩乎？在初唐人，則平仄又未盡粘聯者，尤可以不必分也。

八

伯玉感遇詩『朝發宜都渚』一章，乃正合古樂府巫山高之本旨。後人作巫山高詩，皆不如此。

九

唐初羣雅競奏，然尚沿六代餘波。獨至陳伯玉，峍兀英奇，風骨峻上，蓋其詣力畢見於與東方左史一書。

一〇

伯玉薊丘覽古諸作，鬱勃淋漓，不減劉越石。而李滄溟止選其燕昭王一首，蓋徒以格調賞之而已。

一一

伯玉峴山懷古云：『丘陵徒自出，賢聖幾凋枯。』感遇諸作，亦多慨慕古聖賢語。杜公陳拾遺故宅詩云：『位下何足傷，所貴者聖賢。』正謂此也。今之解杜者，乃謂以聖賢指伯玉，或又怪聖賢字太過，何歟？

一二

杜必簡於初唐流麗中，別具沉摯，此家學所由啓也。

一三

沈雲卿龍池篇，大而拙，其勢開啓三唐，而非七律之盡善者。『盧家少婦』一篇，斯其佳作。

一四

沈、宋律句匀整，格自不高。杼山目以『射雕手』，當指字句精巧勝人耳。

一五

沈、宋應制諸作，精麗不待言，而尤在運以流宕之氣。此元自六朝風度變來，所以非後來試帖所能幾及也。

一六

盧鴻一嵩山十志詩，似是騷裔，而去騷却遠，此不過自適其適而已。

一七

張燕公『秋風樹不静，君子歎何深』，即杜之『凉風起天末，君子意如何』所本也。『洞房懸月影，高枕聽江流』，即『入簾殘月影，高枕遠江聲』所本也。杜於唐初前哲，大都攬其菁英，不獨原本家學。

一八

曲江公委婉深秀，遠出燕、許諸公之上，阮、陳而後，實推一人，不得以初唐論。

一九

明順德薛岡生序南海陳喬生詩，謂『粤中自孫典籍以降，代有哲匠，未改曲江流風，庶幾才術化爲性情，無愧作者。』然有明一代，嶺南作者雖衆，而性情才氣，自成一格，謂其仰企曲江則可，謂曲江僅開粤中流風，則不然也。曲江在唐初，渾然復古，不得以方隅論。

二〇

近時粤中所刻曲江公集，頗未精校，即如開卷載蘇子瞻一詩，其詞之俚，不知出誰附會。其金鑑録之僞，則阮亭皇華記聞已辨之。

二一

王尉灣詩句，張燕公手題政事堂，殷璠謂『詩人已來，少有此句』。至其終南山一篇，亦自超雋，非復唐初諸公平弛之製。

二二

崔侍郎湜白鹿觀詩：『捧藥芝童下，焚香桂女留』，即杜金華觀詩『焚香玉女跪，霧裏仙人來』所本也。芝童、桂女、仙人、玉女，皆以仙靈之類爲辭，不必確有所指。近時解杜者，頗穿鑿可笑。

二三

讀孟公詩，且毋論懷抱，毋論格調，只其清空幽冷，如月中聞磬，石上聽泉，舉唐初以來諸人筆虚筆實，一洗而空之，真一快也。

二四

崔司勳票疾，有似俠客一流。

二五

崔司馬國輔詩，最有古意，如『悵矣秋風時，余臨石頭瀨』，更何必以工於發端目古人乎？

二六

齊、梁遺音，在唐初者，長篇則煩而易濫，短篇則婉而多風，如崔國輔五言小樂府是也。

二七

崔司馬樂府，殷璠以爲古人不及，然『下簾彈箜篌，不忍見秋月』，不如『爲舞春風多，秋來不堪著』；『故侵珠履跡，不使玉階行』，不如『畫眉猶未竟，魏帝使人催』也。其故難以言詮。『故侵珠履跡』二句，阮亭以爲直用庾詩。然視庾尤巧矣。

二八

盛唐之初，若獨孤常州及薛侍郎據，皆遒勁雄渾，少陵之嚆矢也。侍郎曾與少陵同登慈恩寺塔。今其詩不傳。丘庶子爲、祖員外詠，則右丞之先聲也。

二九

右丞五言，神超象外，不必言矣。至如『故人不可見，寂寞平陵東』，未嘗不取樂府語以見意也。豈獨唐子西語録始以樂府取給詩材乎？

三〇

今之選右丞五古者，必取『下馬飲君酒』一篇，七古則必取『終南有茅屋』一篇，大約皆自李滄溟啓之。此元遺山所謂『少陵自有連城璧，争奈微之識碔砆』者也。

三一

古今詠桃源事者，至右丞而造極，固不必言矣。然此題詠者，唐、宋諸賢，略有不同，右丞及韓文公、劉賓客之作，則直謂成仙；而蘇文忠之論，則以爲是其子孫，非即避秦之人至晋尚在也。此説似近理。蓋唐人之詩，但取興象超妙，至後人乃益研核情事耳。不必以此爲分别也。王荆公詩亦如蘇説，而崇寧中汪彦章藻一詩亦佳，乃曰：『花下山川長一身』，則亦以爲避秦人得仙也。劉賓客之作，雖自有寄託，然遜諸公詩多矣。郭茂倩並取入樂府，似未當。

三二

昔人稱李嘉祐詩『水田飛白鷺，夏木囀黄鸝』，右丞加『漠漠』『陰陰』字，精彩數倍。此説阮亭先生以爲夢囈。蓋李嘉祐中唐時人，右丞何由預知，而加以『漠漠』『陰陰』耶？此大可笑者也。然右丞此句，精神全在『漠漠』『陰陰』字上，不得以前説之謬，而概斥之。

三三

岑嘉州詩：『忽思湘川老，欲訪雲中君。』此乃後人用雲中君之所本也。與九歌原旨不同。

三四

嘉州之奇峭，入唐以來所未有。又加以邊塞之作，奇氣益出。風會所感，豪傑挺生，遂不得不變出杜公矣。

三五

高常侍與岑嘉州不同，鍾退谷之論，阮亭已早辨之。然高之渾朴老成，亦杜陵之先鞭也。直至杜陵遂合諸公爲一手耳。

三六

李東川王母歌云：『若能鍊魄去三尸，後當見我天皇所。』此二語，前人已言其寓意。然篇中『複道歌鐘杳將暮，深宮桃李飛成雪』二句，復不讓少陵麗人行『楊花』『青鳥』一聯也。東川句法之妙，在高、岑二家上。

三七

高之渾厚，岑之奇峭，雖各自成家，然俱在少陵籠罩之中。至李東川，則不盡爾也。學者欲從精密中推宕伸縮，其必問津於東川乎？

三八

東川七律，自杜公而外，有唐詩人，莫之與京。徒以李滄溟揣摹格調，幾嫌太熟。然東川之妙，自非滄溟所能襲也。

三九

古人唱和，自生感激，若早朝大明宫之作，並出壯麗；慈恩寺塔之詠，並見雄宕。率由興象互相感發。至於裴蜀州之才詣，未遽齊武右丞；而輞川唱和之作，超詣不減于王，此亦可見。

四〇

龍標精深可敵李東川，而秀色乃更掩出其上。若以有明弘、正之間，徐迪功尚與李、何鼎峙。則有唐開、寶諸公，太白、少陵之外，舍斯人其誰與歸！

司空表聖之論曰：『傑出於江寧，宏肆於李、杜。』信古人不我欺也。

四一

常建第三峯詩『願與黄麒麟，欲飛而莫從』，此亦是順口急氣之故。可以取證歐公菱溪大石詩。常較王、孟諸公，頗有急疾之意，此所以爲飛仙也。又多仙氣語。

四二

儲侍御張谷田舍詩：『碓喧春澗滿，梯倚緑桑斜。』雖只小小格致，然此等詩，却是儲詩本色。竊謂一人自有一人神理：須略存其本相，不必盡以一概論也。阮亭三昧之旨，則以盛唐諸家，全入一片空澄澹泞中，而諸家各指其所之之處，轉有不暇深究者。學人固當善會先生之意，而亦要細觀古人之分寸，乃爲兩得耳。

四三

常尉以玄妙得之；儲侍御以淺淡得之。儲近王，常近孟，而常勝於儲多矣。

四四

元次山別何員外詩結句：『不然且相送，醉歡於坐隅』〔一〕，與韓文公送王含序結句同旨，而韓尤妙矣。次山稱文章之弊，煩雜過多，欲變淫靡，以系風雅。然其詩朴拙處過甚。此乃棘子成疾周末文勝，等虎、豹、犬、羊爲一鞟者也。天寶、至德之際，英哲相望，似未可盡以文勝抹之。君家遺山所云：

『風雲若恨張華少，温李新聲奈爾何？』未必次山之詩，遂爲有唐風雅正宗也。獨其詩序，則稍有致。觀篋中集所録，其意以枯淡爲高。如以孟東野詩投之，想必愜意也。

【校記】

〔一〕『隅』，蔣刻本原作『餘』，據謄清稿本及元結別何員外改。

四五

盛唐諸公之妙，自在氣體醇厚，興象超遠，然但講格調，則必以臨摹字句爲主，無惑乎一爲李、何，再爲王、李矣。愚意拈出龍標、東川，正不在乎格調耳。

四六

漁洋先生云：『李詩有古調，有唐調，當分別觀之。』所録止古風二十八首，蓋以爲此皆古調也。然此内如『秦皇掃六合』、『天津三月時』、『鄭客西入關』諸篇，皆出没縱横，非斤斤於踐迹者。即此可悟古調不在規摹字句，如後人之貌爲選體，拘拘如臨帖者。所謂古者，乃不古耳。

四七

子昂、太白蓋皆疾梁陳之艷薄，而思復古道者。然子昂以精深復古，太白以豪放復古。必如此，乃能復古耳。若其揣摹於形迹以求合，奚足言復古乎？

四八

漁洋云：『韓、蘇七言詩，學急就篇句法：如「鴉、鴟、鷹、鵰、鴩、鶻、鶍」、「騅、駓、駰、駱、驪、騂、騵」等句。近又得五言數語，韓詩「蚌、螺、魚、鼈、蟲」，盧仝「鰻、鱣、鮎、鯉、鰌」』云云。然此種句法，間作七言可耳；五言即非所宜，解人當自知之。蓋漁洋先生所謂五古者〔一〕，專指唐賢三昧一種淡遠之體而言；此體幽閑貞静，何可雜以急管繁絃？他日先生又謂『東坡效韋蘇州之作，是生查子詞』者，即此旨也。至於五言詩，則初不限以一例。先生又嘗云：『感興宜阮、陳，山水閒適宜王、韋，鋪張叙述宜老杜。』若是則格由意生，自當句由格生也。如太白云：『天上白玉京，十二樓五城。』若以『十二樓五城』之句入韋蘇州詩中，豈不可怪哉？不必至昌黎、玉川方爲盡變也。

【校記】

〔一〕『古』，謄清稿本作『言』。

四九

魏程曉詩云：『今世褦襶子，觸熱到人家。』字書：『褦襶，不曉事也，音耐戴。』而太白詩云：『五月造我語，知非佁儗人。』字書：『佁，夷在切，癡貌。儗，海愛切。儓儗，癡貌。』『儓』字下又注云：『又他代切。儓儗，癡貌。』按『佁儗』音義，並與『褦襶』相似。太白詩當即用程詩也。然『儓』字恐不當與『儗』字相連，此是字書因『佁』誤『儓』耳。

五〇

敖器之評太白，謂『如劉安雞犬，遺響白雲，覈其歸存，恍無定處。』愚謂須知太白又自有十分著實處耳。然器之語自妙。

五一

太白詠古諸作，各有奇思。滄溟只取懷張子房一篇，乃僅以『豈日非智勇』、『懷古欽英風』等句得贊歎之旨乎？此可謂僅拾糟粕者也。

入手『虎嘯』二字，空中發越，不知其勢到何等矣。乃却以『未』字縮住。下三句，又皆實事，無一字裝他門面。及至説破『報韓』，又用『雖』字一勒，真乃逼到無可奈何，然後發洩出『天地皆震動』五个字來。所以其聲大而遠也。不然，而但講虚讚空喝，如『懷古欽英風』之類，使後人爲之，尚不值錢，而况在太白乎？

五二

太白遠别離一篇，極盡迷離，不獨以玄肅父子事難顯言；蓋詩家變幻至此，若一説煞，反無歸著處也。惟其極盡迷離，乃即其歸著處。

『緑雲』謂竹。

五三

太白秋思云：『海上碧雲斷，單于秋色來。』『單于』，當指臺。

五四

太白云：『山隨平野盡，江入大荒流。』少陵云：『星垂平野闊，月湧大江流。』此等句皆適與手會，無意相合，固不必謂相爲倚傍，亦不容區分優劣也。

五五

太白五律之妙，總是一氣不斷，自然入化，所以爲難能。

五六

蘇長公『横翠峩嵋』一聯，前人比于杜陵峽中覽物之句。然太白作上皇西巡南京歌云：『地轉錦江成渭水，天迴玉壘作長安。』則更大不可及矣。

西巡之歌，殊于風雅之旨不類。安、史之亂，豈得云『輕拂邊塵』？不觀杜公直書『仙仗離丹極，妖星帶玉除』乎？甚且鋪張蜀中濃麗，尤爲非體。若反言之，則不必；若正言之，則不宜。即不能作北征之篇，亦何必有西巡之頌也。此事在唐，自非細故，而李、杜二家，爲有唐一代詩人冠冕，若此之類，何以立詩教乎？

五七

大，可爲也；化，不可爲也。其李詩之謂乎？太白之論曰：『寄興深微，五言不如四言，七言又其靡也。』若斯以談，將類于襄陽孟公以簡遠爲旨乎！而又不然。蓋太白在唐人中，别有舉頭天外之意，至於七言，則更迷離渾化，不可思議，以此爲寄興深微，非大而化者，其烏乎能之！所謂七言之靡，殆專指七律言耳。故其七律不工。

五八

李詩補注一書，頗未修整；即如『中間小謝又清發』，乃以惠連作注，竟若不知題爲宣城謝朓樓者。此猶蘇詩之王注，未經淘洗故耳。如有識力者，取而删補訂正之，亦快事也。

五九

元相作杜公墓係有鋪陳、排比，藩翰、堂奧之説，蓋以鋪陳終始，排比聲韻之中，有藩籬焉，有堂奥焉。語本極明。至元遺山作論詩絶句，乃曰：『排比鋪張特一途，藩籬如此亦區區。少陵自有連城璧，争奈微之識碔砆。』則以爲非特堂奥，即藩翰，亦不止此。所謂『連城璧』者，蓋即杜詩學所謂參苓、桂朮、君臣、佐使之説。是固然矣。然而微之之論，有未可厚非者。詩家之難，轉不難於妙悟，而實難於鋪陳終始，排比聲律，此非有兼人之力，萬夫之勇者，弗能當也。但元、白以下，何嘗非鋪陳排比！而杜公所以爲高曾規矩者，又别有在耳。此仍是妙悟之説也。遺山之妙悟，不減杜、蘇，而所作或轉未能肩視元、白，則鋪陳排比之論，未易輕視矣。即如白之和夢遊春五言長篇，以及遊悟真寺等作，皆尺土寸木，經營締構而爲之，初不學開、寶諸公之妙悟也。看之似平易，而爲之實艱難。元、白之鋪陳排比，尚不可躋攀若此，而况杜之鋪陳排比乎？微之之語，乃真閲歷之言也。自司空表聖造二十四品，抉盡秘妙，直以元、白爲屠估之輩。漁洋先生韙之，每戒後賢勿輕看長慶集。蓋漁洋之教！人，以妙悟爲主者，故其言如此。當時宣城施氏已有『頓』『漸』二義之論。韓文公所謂『及之而後知，履之而後難』耳。

六〇

墓係又舉夏、殷、周千餘年，仲尼緝拾選練取三百篇，至子美之作，使仲尼鍛其旨要，尚不知貴其多乎哉？此亦究極波瀾之言。竹垞先生有言：『王制：「九州千七百七十三國。」得列于詩者，僅十有一而已。殆所操類隣國之音，所沿者前人體製，則膠固不知變，變而不能成方。司馬遷謂古詩三千餘篇，孔子去其重複。信矣！聖人固未嘗盡以少爲貴，顧其多者，篇體何如耳！』然漁洋先生謂『少陵晚年五律，後半往往重複』，墓係所舉，則但以諸大篇全局論之。（南宋金華杜仲高旃讀杜詩，有『仲尼不容刪』之句，可作此注脚。）

六一

自初唐至開寶諸公，非無古調。但諸家既自爲體段〔一〕，而紹古之作，遂特自成家，如射洪、曲江是也。獨至杜公，迺以紹古之緒，雜入隨常酧酢布置中，吞吐萬古，沐浴百寶，竟莫測其端倪所在。

【校記】

〔一〕『諸』，謄清稿本原作『每』，翁方綱圈去，改作『諸』字。

六二

奉先詠懷一篇，羌邨三篇，皆與北征相爲表裏。此自周雅降風以後，所未有也。迹熄詩亡，所以有春秋之作。若詩不亡，則聖人何爲獨憂耶？李唐之代，乃有如此大制作，可以直接六經矣。

滄溟首先選次唐詩，而此等皆所不取，乃獨取玉華宫一篇，蓋以『萬籟笙竽』，『秋色瀟灑』，爲便於掇拾裝門面耳。

六三

垂老別一首，『土門壁甚堅』二句，接上『加餐』，通是述其老妻代慮之詞。『勢異鄴城下』以下，則行者答慰其妻也。注家多未之及。

六四

羌邨第一首，『歸客千里至』五字，乃『鳥雀噪』之語。下轉入妻子，方爲警動。（鳥雀知遠人之來，而妻子轉若出自不意者，妙絶！妙絶！）若直作少陵自説千里歸家，不特本句太實太直，而下文亦都偪緊無復伸縮之理矣。此等處最是詩家關捩，而評杜者皆未及。

蘇詩『塔上一鈴獨自語，明日顛風當斷渡』，下七字即塔鈴之語也。乃少陵已先有之〔一〕。

【校記】

〔一〕末句謄清稿本原作『不意少陵先有之』，翁方綱圈去『不意』二字，改作『乃』，於『少陵』下增入『已』字。

六五

四松詩『得慳千葉黃』，『慳』與悋同，亦慳惜之意。『得慳』者，不得慳也。或作『得愧』，非。

『足以送老姿』，亦錢刻之訛耳。本作『足爲送老資』，訛二字，即講不通矣。錢本之謬，類如此。他如『雨聲先以風』，『以』訛『已』（種萵苣）；『杜曲換耆舊』，『換』訛『晚』（壯遊）；『實唯親弟昆』，『實』訛『督』（別李義）；『汨吾隘世網』，『汨』訛『洎』（望嶽）；『雲雷屯不已』〔一〕，『屯』訛『此』（三川觀水漲）之類，實不可枚舉。

【校記】

〔一〕『已』，蔣刻本原作『足』，據謄清稿本及杜甫三川觀水漲二十韻改。

六六

杜之魄力聲音，皆萬古所不再有。其魄力既大，故能於正位卓立鋪寫，而愈覺其超出；其聲音既大，故能於尋常言語，皆作金鐘大鏞之響。此皆後人之必不能學，必不可學者。苟不揣分量，而妄思攀援，未有不顛躓者也。

六七

杜五言古詩，活於大謝，深於鮑照，蓋盡有建安、黄初之實際，而并有王、孟諸公之虚神，不可執一以觀之。

六八

漁洋以五平、五仄體，近於游戲，此特指有心爲之者言。若杜之『凌晨過驪山，御榻在嵽嵲』；『憂端齊終南，澒洞不可掇』；『前登寒山重，屢得飲馬窟』；『鴟梟鳴黄桑，野鼠拱亂穴』；『清暉回羣鷗，暝色帶遠客』；至于『山形藏堂皇，壁色立積鐵』，于五平五仄之中，出以疊韻，並屬天成，非關游戲也。

六九

『乃是蒲城鬼神入』，阮亭抹之，豈虞其戇耶？然妙處固到極頂！看其上下銜接，是何等神理！不以阮亭之抹而稍減也。昔太倉王宫詹原祁嘗自言作畫『使筆如金剛杵』，此可以參杜詩。

阮亭先生意在輕行浮彈，不著邊際，見地自高。此所謂言各有當也。即如歐公明妃曲後篇，阮亭亦嘗譏之，而其妙自不可及。

七〇

歌『屈鐵』『迴枝』之雙松，故以『直幹』爲出路。而説者乃以直幹難畫，謂少陵以此戲之，不亦異乎？

七一

杜公相從歌『銅盤繞蠟光吐日』一句，蘇長公因之，作日喻，古人文章善于脱化如此。

七二

韋諷録事宅觀曹將軍畫馬一篇，前云『蹴踏』『風沙』，後言『騰驤磊落』，而中間特著『顧視清高氣深穩』一句，此則矜重頓挫，相馬入微，所以苦心莫識，寥寥今古，僅得一支遁、一韋諷耳。韋諷只是借作影子，亦非僅僅此人眼力足配道林也。此一段全屬自喻，故不覺因而自慨想到三大禮獻賦時矣。末段徵引『翠華』，並非尋路作收，此乃正完得『可憐』二字神理耳。

七三

杜古柏行中間雖有『憶昨』一折，然『落落盤踞』以下，只是渾渾就古柏唱嘆。朱注分『上二句詠成都之柏，此二句詠夔府之柏』，殊可不必。要知此等處，不須十分板劃也。

七四

東坡和張耒高麗松扇詩：『可憐堂上十八公，老死不入明光宫。萬牛不來難自獻，裁作團團手中扇。』『萬牛』句，可作古柏行『誰能送』三字注脚。又東坡木山詩：『木生不願回萬牛，願終天年仆沙洲。』即從『不露文章』意脱化而出。古人之善用事如此。

七五

唐之八分，自開元時已多趨肥碩。李潮于爾時，筆法能步武李、蔡。故八分小篆歌謂：『書貴瘦硬』，而以嶧山傳刻之肥本反形之；及後又迴繞八分，乃却以『肉』字顯出之。至蘇文忠作墨妙亭詩，則因亭中石刻，自秦篆嶧山、褚摹蘭亭以迨顔、徐諸人〔一〕，家數既多，體格不一，所云『短長肥瘠』、『飛燕玉環』，特總統隱括之詞，故借杜詩語側入，以見筆鋒耳。此所謂言各有當，不得因此二詩，而區别論書之旨，以爲杜、蘇殊嗜也。

苕溪漁隱叢話云：『唐初書得晋、宋之風，故以勁健相尚。褚、薛尤極瘦硬。開元、天寶以後，變爲肥厚。至蘇靈芝輩，幾於重濁。杜詩云云，雖爲篆而發，亦似有激於當時也。』此論與鄙意相合。

【校記】

〔一〕『顔、徐諸人』，謄清稿原作『魯公、嶠之之輩』，翁方綱圈去，改作『顔、徐諸人』。

七六

漢人分隸古勁，至唐以後，乃漸以流麗勝。此詩之所謂『不流宕』者，不獨對草書言之也。漁洋論此歌有敗筆，不知指何句而言。蓋漁洋論詩，以格調撑架爲主，所以獨喜昌黎石鼓歌也。石鼓歌固卓然大篇，然較之此歌，則杜有停蓄抽放，而韓稍直下矣。但謂昌黎石鼓歌學杜此篇，則亦不然。韓又自有妙處。

七七

杜公以『取樂喧呼』之重濁字眼，放入『三更風起寒浪湧』之下，其手腕有萬鈞之力。如『取樂』之字眼抛出，如蜻蜓點水，一毫不覺其滯實，此誰能之！而後人不知，一味填實，即如作遊宴詩，將『取樂』一種字眼放入，有不令人聞而嘔噦者乎？『渠偏不怕』，而下文又以『歡會』字放入，今人不知杜公有多大喉嚨，而以爲我輩亦可如此，所以紛如亂絲也。

七八

陪姚通泉宴東山一首，即渼陂行也。更不用湘妃、漢女等迷離之幻字，而直用真景，則晚年之境更大也。

七九

朱鳳行：『願分竹實及螻蟻，盡使鴟梟相怒號。』盡，即忍切。曲禮：『虛坐盡後，食坐盡前。』左傳：『公子商人盡其家貸于公』，即此盡字也，猶儘教之儘。（白黑二鷹詩：『雪飛玉立盡清秋』之盡亦同此。又劉夢得『且盡薑芽斂手徒』，李義山『緑楊枝外盡汀洲』，亦皆此盡字。）

八〇

杜五律亦有唐調，有杜調。不妨分看之，不妨合看之。如欲導上下之脈，溯初、盛、中之源流，則其一種唐調之作，自不可少。且如五古内贈衛八處士之類，何嘗非選調？亦不可但以杜法概乙之也。此如右軍臨鍾太傅丙舍、力命諸帖，未嘗不借以發右軍之妙處耳。

八一

竊謂『花柳更無私』，却不如『欣欣物自私』更爲化工之筆。願與解人質之。

八二

杜五律所思一首，當是與『地下蘇司業』一首同時而作，末句『無計斸龍泉』，指蘇也。解此方覺第六句頓挫之妙。『徒勞望牛斗』，乃倒因下句生耳〔一〕。解者或以此二句仍作懷鄭，則不通矣。

【校記】

〔一〕『倒』，謄清稿本原作『到』，翁方綱補左『亻』旁。

八三

杜五律洞房諸作、七律秋興諸作，皆一氣噴灑而出，風涌泉流，萬象吞吐，故轉有不避重複之處。其他諸什，大都類此。其巨細精粗，遠近出入，各自争量分寸之間，不必以略複爲疑也。（七律到後來，實無可以變化處，不得不參以拗體。五律地窄，則不能也。此等處，微茫之至。）

八四

贈張垍詩：『無復隨高鳳』。蓋因上數聯叙張之寵遇，不啻朝陽翽羽，故此句落到自己，言不克追隨也。劉會孟謂用古人姓名，錢箋駁之，良是。但『高鳳』二字如此用，則另當記出。

八五

謁先主廟一首，只『雜耕』二句跟上『仗老臣』來，指武侯説。其餘俱與武侯無涉。而説者必牽武侯，所以『關、張』『耿、鄧』句不可通也。錢箋以爲公自叙，是矣。而亦不免粘著武侯，何也？近又有査初白評本，謂『孰與』四句，應移至『事酸辛』之下，此尤謬矣。

『乘時』『應天』，皆指先主，所謂有王者興，必有名世也。『事酸辛』則正接下『歇』字，所謂『運移漢祚終難復，志决身殲軍務勞』也。（劉夢得蜀先主廟詩：『得相能開國』五字，可作此篇注脚。）

八六

杜公之學，所見直是峻絶。其自命稷、契，欲因文扶樹道教，全見於偶題一篇，所謂『法自儒家有』也。此乃羽翼經訓，爲風騷之本，不但如後人第爲綺麗而已。無如飛騰而入者，已讓過前一輩人，不得不懷江左之逸、謝鄴中之奇；而緣情綺靡，斯已降一格以相從矣。又無奈所遇不偶，遷流羈泊，併所謂緣情者，只用以慰漂蕩，尤可慨也。故山不見，只作愁賦，别離之用，更何堪説！遠想風騷，低徊堂構，牽連綴述，縷縷及之，豈僅以詩人自許者乎！

八七

宣政殿退朝一首，五六二句烘染『出遲』，春容醖藉，而傾心戀君之意，亦復流溢筆墨。讀者但作寫景看，淺矣！

八八

杜晚出左掖一詩，較之春宿左省篇，尤爲含蓄醞藉。評家或稱其退食之風度，或稱其得諫臣之體，皆未得其深處。蓋其曰『晚出左掖』，乃純是一片戀主之忱，融結而出，所以覺得『簇仗齊班』之際，『晝』漏殊『淺』也。『散』而『迷』者，非因身在柳邊，正因心在君側耳。末句『騎馬』二字，筆略宕開，『欲雞栖』，乃正拍合，實自比於日夕雞塒之暫安，而非如所謂出銀臺門上馬謂之大三昧者也。解此，則雖出而猶未出，雖栖而猶未栖，即雖晚而猶未晚也。解此，則五六句，濃染之筆，更有精神矣。

八九

杜五律雖沉鬱頓挫，然此外尚有太白一種暨盛唐諸公在。至七律則雄闢萬古，前後無能步趨者，允爲此體中獨立之一人。

九〇

『不覺前賢畏後生』，此反語也。言今人嗤點昔人，則前賢應畏後生矣。嬉笑之詞，以此輩不必與莊論耳。

六絶句，皆戒後生之沿流而忘源也。其曰『今人嗤點』，曰『爾曹輕薄』，曰『今誰出羣』，曰『未及前賢』，不惜痛詆今人者，蓋欲俾之考求古人源流，知以古人爲師耳。六首俱以師古爲主。盧、王較之近代，則盧、王爲今人之師矣；（公有『近代惜盧王』之句。）漢、魏，則又盧、王之師也；風、騷，則又漢、魏之師也。此所謂轉益多師，言其層累而上，師又有師，直到極頂，必須風、雅是親矣。此乃汝師，汝知之乎？蓋深嫉今人之依牆靠壁，目不見方隅者，而以此儆覺之也〔一〕。盧、王亦且必祖述漢、魏，漢、魏亦且必祖述風、騷，知此中之誰先，則知今人之所以不古若矣。故曰『未及前賢更勿疑』也。第五首『不薄今人愛古人』句，皆作不肯薄待今人説。愚竊以爲不然。使如此説，則下三句俱接不去矣。其曰『輕薄爲文哂未休』，即指今人之好嗤點古人者。此句之『今人』，亦猶是也。『薄』乎云者，即上『輕薄』之『薄』，言今無出群之雄，而翻多嗤點前輩，則此風乃今時之薄也。故反言以醒之，曰：若不此之薄，而不古之愛，（文法猶如『不有祝鮀之佞，而有宋朝之美。』）則必逐逐于詞句之巧麗而已。吾知其不深求古人立言之意，而但惟是一詞之美、一聯之麗，必依附爲鄰而已耳。揣其意，亦豈不謂：從此可以方駕屈、宋哉！然自我觀之，恐與齊、梁作後塵也。如此則不流于僞體不止，與下章『未及』句，亦復針鋒相接也。『別裁僞體』，正是薄之也。『親風雅』，正是愛之也。杜陵薄今人嗤點之輩，至于如此！與『爾曹身名俱滅』之言，未免太刺骨矣。故題之曰『戲』也。（皇甫持正嘗歎時人詩，未有駱賓王一字，已罵宋玉爲罪人矣，此語可作六絶句注脚。）

【校記】

〔一〕『儆』，謄清稿本原作『致』。

九一

杜晚洲詩：『危沙折花當』，注家或以爲『花蒂』，非是。

九二

『李陵蘇武是吾師』，此七字，乃孟雲卿平日論詩之語。觀下句可見。

九三

『孰知二謝將能事，頗學陰何苦用心』。言欲以大小謝之性靈，而兼學陰、何之苦詣也。『二謝』只作性靈一邊人看，『陰何』只作苦心鍛鍊一邊人看，似乎公之自命，乃欲兼而有之，亦初非真欲學陰、何，亦初非真自許爲二謝也。正須善會。

九四

杜詩『自在嬌鶯恰恰啼』，今解『恰恰』爲鳴聲矣。然王績詩：『年光恰恰來』，白公悟真寺詩：『恰恰金碧繁』，疑唐人類如此用之。〔一〕又韓文公華山女詩：『聽衆狎恰排浮萍』，白樂天櫻桃詩：『洽恰舉頭千萬顆』，『狎恰』，即『洽恰』。

【校記】

〔一〕『用之』下，謄清稿本原有『不僅鳥聲爲然也』一句，後翁方綱圈去。

九五

杜詩有不待辨而知者，如『鼓角漏天東』之用大小漏天，『遺恨失吞吴』之爲失在吞吴，『筍根稚子』之指筍，皆灼然無疑。而説者必嘵嘵不已，何也？

九六

近日有讀杜心解一書，如送遠、九日〔藍田〕崔氏莊、『諸葛大名』等篇，所解誠有意味。然苦于索

摘文句，太頭巾酸氣。蓋知文而不知詩也。不過較之杜詩論文、杜詩詳注等〔一〕，略爲有説耳，其實未成片段。〔二〕

【校記】

〔一〕謄清稿本原無『杜詩詳注等』，翁方綱校補增入。

〔二〕此句後謄清稿本原有：『牧齋之箋，最多穿鑿，而却成片段。仇刻詳注，援據似極審慎矣，而却未成片段，此存乎各人之本領，不可强也。』後翁方綱框去整段。又，此段後空一行，有翁方綱手批『嘉慶壬申十月二日覆核』一行。

卷二

一

劉隨州龍門八詠，體清心遠。後之分題園亭諸景者，往往宗之。

二

偶讀高季迪吴越紀遊詩海昌城樓望海之作，嘆其筆力優裕。因思劉文房龍興寺望海詩，似覺閑散，而乃更切實、更闊大。前人之不可及如此！然非心氣寧定之後，不知也。

三

杜公『不意書生耳，臨衰厭鼓鼙』，與劉隨州『跡遠親魚鳥，功成厭鼓鼙』不同。

四

隨州七律，漸入坦迤矣。坦迤則一往易盡，此所以啓中、晚之濫觴也。隨州只有五古可接武開、寶諸公耳。

錢仲文七律，平雅不及隨州，而撑架處轉過之。

五

盛唐之後，中唐之初，一時雄俊，無過錢、劉。然五言秀絶，固足接武；至於七言歌行，則獨立萬古，已被杜公占盡，仲文、文房皆浥右丞餘波耳。然却亦漸於轉調伸縮處，微微小變。誠以熟到極處，不得不變，雖才力各有不同，而源委未嘗不從此導也。

六

王、孟諸公，雖極超詣，然其妙處，似猶可得以言語形容之。獨至韋蘇州，則其奇妙全在淡處，實無迹可求。不得已，則取徐迪功所謂『朦朧萌拆，渾沌貞粹』八字，或庶幾可仿象乎？

柳州稍重，然妙處亦復不減。

七

儲得陶之質，韋得陶之雋。

八

班倢伃怨歌行云：『出入君懷袖，動摇微風發。』已自恰好。至江文通擬作，則有『畫作秦王女，乘鸞向烟霧』之句，斯爲刻意標新矣。迨劉夢得又演之曰：『上有乘鸞女，蒼蒼網蟲遍。』即此可悟詞場祖述之秘妙也。

九

劉賓客自稱其平蔡州詩：『城中晨雞喔喔鳴，城頭鼓角聲和平』云云，意欲駕於韓碑、柳雅。此詩誠集中高作也。首句『城中』，一作『汝南』，古雞鳴歌云：『東方欲明星爛爛，汝南晨雞登壇唤。』蔡州，即汝南地。但曰『晨雞』，自是用樂府語，而『城中』、『城頭』，兩兩唱起，不但於官軍入城事醒切，抑且深合樂府神理，似不必明出『汝南』，而後覺其用事也。末句『忽驚元和十二載』，更妙。此以竹枝歌謡之調，而造老杜詩史之地位。正與『大曆三年調玉燭』二句近似，此由神到，不可强也。

其第二首『漢家飛將下天來，馬箠一揮門洞開』，亦確是李愬夜半入蔡真情事。下轉入從容鎮撫，歸到相公，正復得體。叙淮西事，當以夢得此詩爲第一。

一〇

劉賓客西塞山懷古之作，極爲白公所賞，至于爲之罷唱。起四句，洵是傑作，後四則不振矣。此中唐以後，所以氣力衰颯也。固無八句皆緊之理，然必鬆處正是緊處，方有意味。如此作結，毋乃飲滿時思滑之過耶？荆州道懷古一詩，實勝此作。〔一〕

【校記】

〔一〕謄清稿本此則與次則相連，合爲一則，蔣刻本分爲二則。

一一

劉賓客之能事，全在竹枝詞。至于鋪陳排比，輒有傖俗之氣。山谷云：『夢得竹枝九章，詞意高妙，昔子瞻嘗聞余詠第一篇，歎曰：「此奔軼絶塵，不可追也。」』又云：『夢得樂府小章，優於大篇。』

極爲確論。山谷又賞其淮陰行，而疑『脱菜』二字，今刻本則是『晚來』耳。

一二

東坡峽山寺詩：『山僧本幽獨，乞食况未還。雲碓水自舂，松門風爲關。』語意全本皇甫孝常送少微上人詩，但令人不覺耳。又竇庠金山行『欻然風生波出没，瀖濩晶熒無定物。居人相顧非世間，如到日宫經月窟。信知靈境長有靈，住者不得無仙骨。』數語即東坡金山詩所脱胎也。在庠詩本非高作，而蘇公脱出實境來，神妙遂至不可測。古人之善于變化如此！

一三

白公天竺詩，本皇甫孝常秋夕寄懷契上人詩，而出以『連珠體』，自令人不覺。此等處，皆足見古人之脱化。

一四

自錢、劉以下，至韓君平輩，中唐諸子七古，皆右丞調也。全與杜無涉〔一〕。

【校記】

〔一〕『杜』，謄清稿本作『杜陵』。

一五

劉賓客詩品，無論錢、劉、柳，尚在郎君冑、韓君平之下。

一六

韓君平『鳴磬夕陽盡，捲簾秋色來』，已漸開晚唐之調。蓋律體奇妙，已無可以争勝前人，故不得不於一二平仄間小爲變調。而骨力漸靡，則不可强爲也。

一七

大曆十才子：盧綸、司空曙、耿湋、李端諸公一調；韓君平風致翩翩，尚覺右丞以來格韻，去人不遠；皇甫兄弟，其流亞也；郎君冑亦平雅；獨錢仲文當在十子之上。江隣幾所志乃十一人，有皇甫曾而無冉，無韓翃，不知何所據也。王應麟玉海所記，與唐書盧綸傳同是十人，有韓，無兩皇甫。然兩皇甫爾時極負重望，不知何以不入十子之列？若有曾無冉，則尤不可解矣。且升盧于錢之上，亦不知何謂。

一八

古詩爲焦仲卿妻作，云：『新婦初來時，小姑始扶牀。今日被驅遣，小姑如我長。勤心養公姥，好自相扶將。初七及下九，嬉戲莫相忘。』顧況棄婦詞乃云：『憶昔初嫁君，小姑纔倚牀。今日辭君去，小姑如妾長。回頭語小姑，莫嫁如兄夫。』直致而又帶傖氣，可謂點金成鐵。

一九

顧逋翁歌行，邪門外道，直不入格。

二〇

戎昱詩亦卑弱，滄浪詩話謂『昱在盛唐爲最下，已濫觴晚唐』是也。然戎昱赴衛伯玉之辟，當是大曆初年，其爲刺史，乃在建中時，應入中唐，不應入盛唐。

二一

戴容州懷素上人草書歌，始從破體變風姿，可證義山韓碑語。〔一〕

【校記】

〔一〕臏清稿本此則與次則相連，合爲一則，蔣刻本分爲二則。

二二

容州七古，皮鬆肌軟，此又在錢、劉諸公下矣。

二三

戴容州嘗拈『藍田日暖，良玉生烟』之語以論詩，而其所自作，殊平易淺薄，實不可解。

二四

中唐六七十年之間，除韋、柳、韓三家古體當別論，其餘諸家，堪與盛唐方駕者，獨劉夢得、李君虞兩家之七絶，足以當之。

二五

韓公猗蘭操：『雪霜貿貿，薺麥之茂。』按：傅玄董逃行歷九秋篇：『薺與麥兮夏零，蘭桂踐霜逾馨。』董仲舒雨雹對：『薺麥始生，由陽升也。』薺麥正當寒冬所生，故曰雪霜貿貿，祇惟薺麥之是茂也。與傅玄同用以託蘭〔一〕，而意有反正。

『子如不傷』二句，在篇中爲最深語。蓋有不妨聽汝獨居之意，較『不採何傷』更進一層。然説著不傷，而傷意已深矣。此亦妙脱本詞也。前曰『何傷』，後曰『之傷』，迴環婉摯〔二〕。評家或以子指夫子，我指蘭，非是。

【校記】

〔一〕『託』，謄清稿本原作『托』，翁方綱改作『託』。

〔二〕『迴環婉摯』，謄清稿本原作『迴環委婉』，翁方綱圈去『委』，於『婉』下增入『摯』字。

二六

韓文公岳陽樓詩：『宜春口』未知在何處？注以爲宜春郡，非也。且上句云在袁州，而下句『夜纜巴陵洲』，注云：『即岳州』，亦殊可笑。

二七

『妥帖力排奡』，『奡』字，五百家注本内引論語：『奡盪舟』。甚是。宋末月泉吟社送詩賞小劄云：『語無排奡，體不效崑』，此可證也。舊以『奡』與『傲』同，作『排奡』兩字連説者，未然也。

二八

文公雙鳥詩，即杜詩『春來花鳥莫深愁』、公詩『萬類困陵暴』之意而翻出之，其爲已與孟郊無疑。劉文成二鬼詩出於此。

二九

唐詩似騷者，約言之有數種：韓文公琴操，在騷之上；王右丞送迎神曲諸歌，騷之匹也；劉夢得竹枝，亦騷之裔；盧鴻一嵩山十志詩最下。

三〇

文公琴操，前人以入七言古，蓋琴操，琴聲也。至蘇文忠醉翁操，則非特琴聲，乃水聲矣。故不近詩而近詞。

三一

昌黎劉生詩，雖紀實之作，然實源本古樂府横吹曲。其通篇叙事，皆任俠豪放一流，其曰：『東走梁宋，南逾横嶺』，亦與古曲五陵、三秦之事相合。末以酬恩讐結之，仍還他俠少本色。不然，昌黎豈有教人以官爵酬恩讐者耶？不惟用樂府題，兼且用其意，用其事，而却自紀實，並非仿古，此脱化之妙也。

三二

韓文公約六經之旨而成文，其詩亦每于極瑣碎、極質實處，直接六經之脈。蓋爻象、繇占、典謨、誓命、筆削記載之法，悉醞入風雅正旨，而具有其遺味。自東皙、韋孟以來，皆未有如此沉博也。

三三

諫果雖苦，味美於回。孟東野詩則苦澀而無回味，正是不鳴其善鳴者。不知韓何以獨稱之？且至謂『横空盤硬語，妥帖力排奡』，亦太不相類。此真不可解也。蘇詩云：『那能將兩耳，聽此寒蟲號。』乃定評不可易。

三四

李長吉驚才絶艷，鏘宫戛羽，下視東野，真乃蚯蚓竅中蒼蠅鳴耳。雖太露肉，然却直接騷賦。更不知其逸詩復當何如？此真天地奇彩，未易一洩者也。

三五

長吉惱公一篇，直是徐、庾妙品，不知者乃編入律詩，誤矣。看其通用韻處自明。

三六

韓門諸君子，除張文昌另一種〔一〕，自當別論。皇甫持正、李習之、崔斯立皆不以詩名。惟孟東野、李長吉、賈閬仙、盧玉川四家，倚仗筆力，自樹旗幟。蓋自中唐諸公，漸趨平易，勢不可無諸賢之撐起。然詩以温柔敦厚爲教，必不可直以麄硬爲之。此内惟長吉錦心繡口，上薄風騷，不專以筆力支架爲能。其餘若玉川月蝕一篇，故自奇作。閬仙五律，亦多勝概。外此則如東野、玉川諸製，皆酸寒幽澀，令人不耐卒讀。劉叉冰柱、雪車二詩，尤爲粗直傖俚。而韓公獨謂孟東野以其詩鳴，則使人惑滋甚矣！

【校記】

〔一〕『種』，謄清稿本作『體』。

三七

孟、盧皆硜硜小音，執定不化，安可接武韓詩！必欲求接韓者，定推歐陽子〔一〕。

【校記】

〔一〕『子』下，牓清稿本有一『耳』字。

三八

韓公效玉川月蝕之作，删之也。對讀之，最見古人心手相調之理。然玉川原作雄快，不可逾矣。

三九

摭言稱賈島跨驢天街，吟『落葉滿長安』之句，唐突京尹。然此詩聯對處，極爲矯變，必非凑泊而成者也。

四〇

劉言史亦昌谷之流，但少弱耳。嚴滄浪詩話賞之，終未爲昌谷敵手也。張碧則更傖氣矣。

四一

張、王樂府，天然清削，不取聲音之大，亦不求格調之高，此真善于紹古者。較之昌谷奇艷不及，而真切過之。

四二

歐陽詩話云：『王建宮詞，言唐禁中事，皆史傳小説所不載。』唐詩紀事乃謂：『建爲渭南尉，贈内官王樞密』云云以解之。然其詩，實多秘記，非當家告語所能悉也。其詞之妙，則自在委曲深摯處，别有頓挫，如僅以就事直寫觀之，淺矣！

四三

元和間權、武二相，詞並清超，可接錢、劉。武公之死，有關疆埸，而文詞復清雋不羈，可稱中唐時之劉越石。嚴滄浪但舉權相，猶未盡也。

四四

白公五古上接陶，下開蘇、陸；七古樂府，則獨闢町畦，其鉤心鬥角，接筍合縫處，殆於無法不備。

四五

白公官牛樂府，從丙吉問喘事翻出。

四六

白公之妙，亦在無意，此其似陶處也。即如宋人詩：『有時俗物不稱意，無數好山俱上心。』稱爲佳句。而白公則云：『有山當枕上，無事到心中。』更爲自然。

四七

白詩『巫山暮足霑花雨，隴水春多逆浪風』，語本杜詩『夜足霑沙雨，春多逆水風』。

四八

竹枝泛詠風土，柳枝則詠柳，其大較也。然白公楊柳枝詞：『葉含濃露如啼眼，枝嫋輕風似舞腰。小樹不禁攀折苦，乞君留取兩三條。』于咏柳之中，寓取風情，此當爲楊柳枝詞本色。薛能乃欲搜難抉新，至謂劉、白宫商不高，亦妄矣。

四九

唐人詩至白公，自不當盡以阮亭先生所講第一義繩之。蓋白公詩，格調聲音之皆不事也。阮亭力戒人看長慶集，但取其一二小詩。此在阮亭先生，固當如此。阮亭獨標神韻，言各有當耳〔一〕。阮亭先生意中，却非抹煞白公之妙也。看十選中所取自見。尚恨胡孝轅十籤，阮亭未嘗全見耳〔二〕。

【校記】

〔一〕謄清稿本此句下『阮亭先生』另起爲一則，蔣刻本合爲一則。

〔二〕『阮亭未嘗全見耳』，謄清稿本原作『未盡經阮亭手定耳』，翁方綱圈去『未盡經』，並改『手定』爲『未全見』，蔣刻本較翁方綱改稿多一『嘗』字。

五〇

白公之爲長恨歌、霓裳羽衣曲諸篇，自是不得不然。不但不蹈杜公、韓公之轍也，是乃瀏灕頓挫，獨出冠時，所以爲豪傑耳。始悟後之欲復古者，真强作解事。

五一

張、王已不規規于格律聲音之似古矣，至元、白乃又伸縮抽換，至于不可思議，一層之外，又有一層。古人必無依樣臨摹，以爲近古者也。

五二

元相望雲騅歌，賦而比也。玉川月蝕詩點逗恒州事，則亦賦而比也。而元則更切本事矣。詩至元、白，針線鈎貫，無乎不到，所以不及前人者〔一〕，太露太盡耳。

【校記】

〔一〕『人』，謄清稿本作『輩』。

五三

徐昌國『燕歌易水動，劍舞白虹流』，本于鮑溶秋思詩『燕歌易水怨，劍舞蛟龍腥』也。徐之學古，能以神致發揮之，所以爲妙。

五四

張祜金山詩：『樹影中流見，鐘聲兩岸聞。』只唐人常調耳。而譚藝家奉爲傑作，失之矣。

五五

中唐之末，如呂温、鮑溶之流，概少神致。李涉、李紳，稍爲出類，然求之張、王、元、白數公，皆未能到，况前人耶？盛之後，漸趨坦迤。中之後，則漸入薄弱。所以秀異所結，不得不歸樊川、玉溪也。

五六

張祜絶句，每如鮮葩颭灔，篏水泊浮，不特『故國三千里』一章見稱於小杜也。

五七

徐凝廬山瀑布詩『千古長如白練飛，一條界破青山色』，白公所稱，而蘇公以爲惡詩。芥隱筆記謂本天台賦『飛流界道』之句。然詩與賦〔一〕，自不相同，蘇公固非深文之論也。至白公稱之，則所見又自不同。蓋白公不於骨格間相馬，惟以奔騰之勢論之耳。阮亭先生所以與白公異論者，其故亦在此。

【校記】

〔一〕『賦』下，謄清稿本原有『取材之法』四字，後翁方綱圈去。

五八

李贊皇詩亦軼倫，雖不敵香山，亦權、武二相之亞也。

五九

李廓樂府，視張、王大減。不知才調集何以捨仲初而獨取之？此自是好惡各別。而阮亭先生十選，以應付彼十家則有餘，不可以概三唐作者也。

六〇

周賀五律，頗有意味。在中末、晚初諸人五律之上，尚可頡頏温岐。

六一

姚武功詩，恬淡近人，而太清弱，抑又太盡。此後所以漸靡靡不振也。然五律時有佳句，七律則庸軟耳。大抵此時諸賢七律，皆不能振起，所以不得不讓樊川、玉溪也。

六二

小杜感懷詩，爲滄州用兵作，宜與罪言同讀。郡齋獨酌詩，意亦在此。王荆公云：『末世篇章有逸才』，其所見者深矣。

六三

小杜『濃薰班馬香』，對屈宋説，自指班固、馬相如，此二句謂詩賦也。上文已括史書閲興亡，此不應復及馬史、班史。杜詩『以我似班揚』，班與揚可合稱，則馬亦可合稱，不必定指馬遷也。今人但因班馬異同書名，熟在人口，因以此句指二史，其實非也。

六四

樊川真色真韻，殆欲吞吐中晚千萬篇，正亦何必效杜哉〔一〕！小杜詩：『自滴堦前大梧葉，干君何事動哀吟』，亦在南唐『吹皺一池春水』語之前，可證杜黑白鷹語。

【校記】

〔一〕謄清稿本此句下『小杜詩』另起爲一則，蔣刻本合爲一則。

六五

小杜之才，自王右丞以後，未見其比。其筆力迴斡處，亦與王龍標、李東川相視而笑。『少陵無人謫仙死』，竟不意又見此人。

六六

只如『今日鬢絲禪榻畔，茶烟輕颺落花風』；『自説江湖不歸事，阻風中酒過年年』；直自開、寶以後百餘年無人能道。而五代、南北宋以後，亦更不能道矣。此真悟徹漢、魏、六朝之底藴者也。

六七

詩不但因時，抑且因地。如杜牧之云：『南山與秋色，氣勢兩相高。』此必是陝西之終南山。若以詠江西之廬山，廣東之羅浮，便不是矣。即如『夜足霑沙雨，春多逆水風』，不可以入江、浙之舟景。『閶闔晴開詄蕩蕩，曲江翠幕排銀牓』，不可以詠吴地之曲江也。明矣！今教粤人學爲詩，而所習者，止是唐詩，只管蹈襲，勢必盡以西北方高明爽塏之時景，熟於口頭筆底，豈不重可笑歟？所以閩十子、吴四子、粤五子皆各操土音，不爲過也。

格調自要高雅，不以方隅自限，此則存乎其人耳。

六八

玉溪五律，多是絶妙古樂府。蓋玉溪風流醖藉，尤在五律也。近時程午橋補注，以爲花鳥諸題，多是平康北里之志，良然。〔一〕

【校記】

〔一〕按，此則後謄清稿本原有一則，作：『朱長孺謂義山錦瑟詩，畧與房中曲寓意同，但錦瑟長于人，正是起興。此詩又從起興意翻進一層耳。近時雲間姚培謙平山有義山詩箋，穿鑿無義理處頗多，而於此首，甚得其解。』後翁方綱框去以示删除。

六九

義山碧城三首，或謂詠其時貴主事，蓋以詩中用蕭史及董偃水精盤事。阮亭先生亦取其説。然竹坨跋楊太真外傳，則謂妃不由壽邸入宮，證以此三詩：一咏妃入道，一咏妃未歸壽邸，一咏明皇與妃定情係七月十六日。此説當爲定解。而注家罕有引之者。

七〇

藥轉一篇，程箋以爲如厠之義，亦謂出自竹坨。然此詩之境頗淺。

七一

微婉頓挫，使人蕩氣迴腸者，李義山也。自劉隨州而後，漸就平坦，無從覩此丰韻。七律則遠合杜陵；五律七絶之妙，則更深探樂府；晚唐自小杜而外，惟有玉溪耳。温岐、韓偓，何足比哉！

七二

歐公言平生作文，得自『三上』。予嘗戲謂義山詩殆兼有之：『鬱金堂北畫樓東』，厠上詩也；『天上真龍種』，馬上詩也；『卧後清宵細細長』，枕上詩也。

七三

飛卿七古調子元好，即如湖陰詞等曲，即阮亭先生之音節所本也。然飛卿多作不可解語。且同一濃麗，而較之長吉，覺有傖氣，此非大雅之作也。

七四

温詩五律在姚武功之上。蓋温詩短篇則近雅，如五古『欲出鴻都門』一篇，實高作也。

七五

許丁卯五律，在杜牧之下，温岐之上。固知此事不盡關塗澤也。七律亦較温清迴矣。趙嘏五七律，亦皆清迴，許之匹也。

七六

馬戴五律，又在許丁卯之上，此直可與盛唐諸賢儕伍，不當以晚唐論矣。然終覺樊川、義山之妙不可及。

七七

司空表聖在晚唐中，卓然自命。且論詩亦入超詣。而其所自作，全無高韻，與其評詩之語，竟不相似。此誠不可解。

七八

二十四品，真有妙語。而其自編一鳴集，所謂『撐霆裂月』者，竟不知何在也。

曹鄴、劉駕，古詩皆無足取。李羣玉五古，實勝司空表聖，不可以名譽而甲乙之也。表聖秋思詩，阮亭所選，然只得五六一聯耳。

七九

陸魯望謂張祜『元和中作宫體小詩，辭曲豔發。及老大，稍窺建安風格，誦樂府録，知作者本意，短章大篇，往往間出諫諷怨譎，時與六義相左右，善題目佳境言不可刊置他處，此爲才子之最。』此段論詩極有見。而其所自作，未能擇雅。何也？

所謂不可刊置别處，非如今日八股體，曲曲鈎貫之謂也。乃言每一篇，各有安身立命處耳。如太白遠别離、蜀道難等篇，極其迷離，然各篇自有各篇之歸宿收拾。即如樂府各題，各自一種神氣。以此易彼，則毫釐千里矣。

八〇

皮、陸聯句詩，勝其自作。蓋兩賢相當，節短勢偪，則反掩其孱弱之狀也。

聯句體，自以韓、孟爲極致。然韓、孟太險。皮、陸一種，固是韓、孟後所不可少。

八一

鄭嵎津陽門詩只作明皇内苑事實看，不可以七古格調論之。

八二

杜詩公孫大孃弟子舞劍器行但稱『公孫劍舞初第一』，津陽門詩云：『公孫劍伎方神奇』，其注則直云：『有公孫大孃舞劍，當時號爲雄妙。』『劍舞』、『劍伎』語，尚可通。至云『舞劍』，則毋乃傳聞異詞耶？豈當時人即以劍器曲名，呼爲舞劍歟？

八三

晚唐人七律，只于聲調求變，而又實無可變，故不得不轉出三、五拗用之調。此亦是熟極求生之理，但苦其詞太淺俚耳。然大約出句拗第幾字，則對句亦拗第幾字，阮亭先生已言之。至方干『每見北辰思故園』，則單句三、五自拗。此又一格，蓋必在結句而後可耳。

八四

胡曾詠史絶句，俗下令人不耐讀。

八五

唐彦謙師温八叉，而頗得義山風致，但稍弱耳。

八六

鄭都官以鷓鴣詩得名，今即指『煖戲烟蕪』云云之七律也。此詩殊非高作，何以得名于時？鄭又有貽歌者云：『座中亦有江南客，莫向春風唱鷓鴣。』此雖淺，然較彼詠鷓鴣之七律却勝。

八七

吴融李周彈箏歌起句：『古人云絲不如竹，竹不如肉，乃知此語未必然，李周彈箏聽不足。』此起法，已開元人門逕。

八八

韓致堯香奩之體，遡自玉臺。雖風骨不及玉溪生，然致堯筆力清澈，過于皮、陸遠矣。何遜聯句，瘦盡東陽，固不應盡以脂粉語擅場也。

八九

韓致堯寒食日重遊李氏園亭一篇，以七律作扇對格，此前人所少也。

九〇

咸通十哲，概乏風骨。方干、羅隱皆極負詩名，而一望荒蕪，實無足採。杜荀鶴至令嚴滄浪目爲一體，亦殊淺易。大約讀唐詩到此時，披沙揀金，甚爲不易。即追想錢、劉諸公，已爲高曾規矩，又毋論開、寶也。

九一

阮亭先生『緑楊城郭是揚州』爲時所稱，至形諸圖畫。然唐人韋莊已有『初日照揚州』之句，此尤自然可愛也。然韋集又有『緑楊城郭雨凄凄』之句，乃華下作，則似乎不類。

九二

韋莊在晚唐之末，稍爲官様，雖亦時形淺薄，自是風會使然，勝於咸通十哲多矣。

九三

羅虬比紅兒詩，俚劣之甚，亦胡曾詠史、曹唐遊仙之類。乃以此得名于時，亦奇矣。

九四

曹唐如巫婆念咒化齋，令人掩耳，欲其亟去。

九五

楊誠齋謂『詩至晚唐益工』，蓋第挑摘于一聯一句間耳。以字句之細意刻鏤，固有極工者。然形在而氣不完，境得而神不遠，則亦何貴乎巧思哉！

九六

杼山觀王右丞維滄洲圖歌云〔一〕：『滄洲説近三湘口，誰知卷得在君手，披圖擁褐臨水時，翛然不異滄洲叟。』此篇在唐人本非傑出之作，而何仲默題吴偉畫，用此調法，遂成巨觀。此所貴乎相機布勢，脱胎换骨之妙也。今若取杜陵題畫膾炙人口之大篇，摹其韻句調法，有是理乎？

【校記】

〔一〕『洲』，謄清稿本、蔣刻本原作『州』，依皎然詩校改。

九七

東坡十二琴詩：『若言絃上有琴聲』云云，已爲禪偈子矣。而杼山戛銅椀爲龍唫歌云：『未必全由戛者功，聲生虚無非椀中。』則更在前。

九八

詩話載唐僧齊己謁鄭谷獻詩：『自封修藥院，别下著僧床。』谷覽之云：『請改一字，方可相見。』經數日，再謁，改云：『别掃著僧床。』谷嘉賞，結爲詩友。此一字，元本改本俱無好處，不知鄭谷何以賞之？唐詩僧多卑卑之格，惟皎然、靈一差勝。

九九

釋子之詩，閨秀之詩，各自一種。隨其所到，皆可成名。獨于應制之作，非其所宜。此體自應求諸文學侍從之彦，豈可以此等當之！若唐詩内所載上官婉兒與貝州宋氏姊娣詩，皆是也。近日顧俠君撰詩林韶濩，多録釋子之詩，殊令人生厭。

【校記】

〔一〕按，此則後，膣清稿本原有一則，作：『阮亭先生三昧集専主「興趣」，五言選専主「格調」，十選則因人而施，惟其是而已，又不盡於「興趣」「格調」之是主也，皆言各有歸宿處，必一概以相量，則失之矣。』後翁方綱框去以示删除。

一〇〇

晚唐之漸開鬆浮者，莫如皮、陸之可厭。此所謂不揣其本而齊其末也。後之不從事于大本大原，而專以撏撦鬪湊爲事者，實此一種啓之。（楊誠齋所以不免也。）

一〇一

此事必要從源頭打出，方是真境，即聖人所謂言有物也。若不揣其本，而齊其末，則安得有通之日哉！厥弊之滋，不能不追憾皮、陸一輩人。然有志者，竟當自立，奈何怨古人耶？甚矣！廓除一切之難也〔一〕。

【校記】

〔一〕『廓除』，謄清稿本原作『洗清』，翁方綱圈去，改作『廓除』。

一〇二

漁洋十選，大意歸重在殷璠、元結二本，而以文粹爲備。文粹首載樂章、樂歌、琴操，韙矣。然元次

山之補樂歌，徒有幽深之韻，未爲古雅之則。至皮襲美補九夏歌，豈足與韓之琴操同日而語耶？〔一〕

【校記】

〔一〕按，此則後，謄清稿本原有一則，作：『扇對格，或言始於白氏金針，苕溪漁隱云：「杜少陵哭鄭少監詩：得罪台州去，時危棄碩儒。移官蓬閣後，穀貴殁潛夫。」則前此已有之，不始於白氏矣。愚按：「陳子昂送客詩：「故人洞庭去，楊柳春風生。相送河洲晚，蒼茫別思盈。」此又在少陵前（補遺）。李義山「錦長書鄭重，眉細恨分明」，本王灣「絃多弄委曲，柱促語分明」也，而語更加工細。』後翁方綱框去以示删除。

卷三

一

宋初柳仲塗以古文名家，遠紹韓、柳，其刻石湘妃廟詩，詞氣亦近樊宗師之徒，於風雅殊遠。

二

騎省雖入宋初，尚沿晚唐靡弱之音。南唐後主詩亦然。騎省挽吳王二章，自是合作。

三

小畜集五言學杜，七言學白，然皆一望平弱，雖云獨開有宋風氣，但於其間接引而已。

四

西崑酬唱諸公，皆以楊、錢、劉三公爲之倡，其刻畫玉溪，可謂極工。

五

宋子京筆記：『晏丞相末年詩，見編集者，乃過萬篇。唐人以來未有。』又云：『天聖初元以來，縉紳間爲詩者益少，唯丞相晏公殊、錢公惟演、翰林劉公筠數人而已。』〔一〕按元獻有臨川集、紫微集，今所傳元獻詩，或未得其全耳。然亦去楊、劉未遠。

【校記】

〔一〕『晏』，謄清稿本原作『宴』，翁方綱圈去，改作『晏』。

六

蘇文忠金門寺跋李西臺與二錢唱和詩云：『五季文章墮劫灰，昇平格力未全回。故知前輩宗徐庾，數首風流似玉臺。』蓋宋初諸公，習尚如此，至歐、蘇始挽正之。

七

宋初之『西崑』，猶唐初之『齊梁』。宋初之『館閣』，猶唐初之『沈宋』也。開啓大路，正要如此，然後篤生歐、蘇諸公耳。但較唐初，則少陳射洪一輩人。此後來所以漸薄也。

八

宋初司馬池行色詩，或謂范文正野色詩足以配之。然二詩皆一時佇興，故佳。不比後人某聲某影，連類成題也。

九

宋莒公兄弟，並出晏元獻之門，其詩格亦復相類，皆去楊、劉諸公不遠。（漁洋云：『宋景文近體，無一字無來歷，而對仗精確，非讀萬卷者不能。』查初白云〔一〕：『楊大年、宋子京輩，務爲艱澀隱僻，以誇其能。』二先生之論，可以互參。）

【校記】

〔一〕『查』字，謄清稿本原無。

一〇

胡武平、王君玉皆堪與晏、宋方駕。大約宋初諸公，多自晚唐出耳。

一一

宋元憲、景文、王君玉並遊晏元獻之門，其詩格皆不免楊、劉之遺。雖以文潞公、趙清獻，亦未嘗不與諸人同調。此在東都，雖非極盛之選，然實亦爲歐、蘇基地，未可以後有大匠，盡行抹却也。

一二

石門吴孟舉鈔宋詩，略『西崑』而首取元之，意則高矣。然宋初真面目，自當存之。元之雖爲歐、蘇先聲，亦自接脉而已。至於林和靖之高逸，則猶之王無功之在唐初，不得徑以陶、韋嫡派誣之。若夫柳、种、穆、尹，學在師古，又不以詩擅長矣。

一三

吴序云：『萬曆間李蓘選宋詩，取其遠宋而近唐者。』曹學佺亦云：『選始萊公，以其近唐調也。』以此義選宋詩，其所謂唐終不可近也，而宋詩則已亡矣。此對嘉、隆諸公吞剥唐調者言之，殊爲痛快。但一時自有一時神理〔一〕，一家自有一家精液，吴選似專於『硬直』一路，而不知宋人之『精腴』，固亦不可執一而論也。且如入宋之初，楊文公輩，雖主『西崑』，然亦自有神致。何可盡祧去之？而晏元獻、宋元憲、宋景文、胡文恭、王君玉、文潞公，皆繼往開來，肇起歐、王、蘇、黄盛大之漸，必以不取濃麗，專尚天然爲事，將明人之吞剥唐調以爲復古者，轉有辭矣。故知平心易氣者難也。

【校記】

〔一〕『神理』，謄清稿本作『神氣』。

一四

觀歐公答劉廷評詩，蓋嘗以五代史資原父訂證，不獨集古録與有功也。

一五

歐公有太白戲聖俞一篇，蓋擬太白體也。然歐公與太白本不同調，此似非當家之作。廬山高亦然。

一六

張子野吴江七律，於精神丰致，兩擅其奇。不獨西溪無相院之句膾炙人口也。過和靖居詩亦絶唱。

一七

石守道慶曆聖德詩，仿韓元和聖德詩而作，顧其末段，音節頗欠調叶，未可以變化藉口。當是伉厲之氣，不受繩律耳。

一八

蘇子美淮中晚泊犢頭、初晴遊滄浪亭諸絶句，妙處不減唐人。

一九

歐公謂：『蘇子美筆力豪雋，以超邁横絶爲奇。』劉後村亦謂：『蘇子美歌行雄放。』今觀其詩殊不稱，似尚不免於孱氣傖氣，未可與梅詩例視。

二〇

山谷謂：『荆公之詩，莫年方妙，然格高而體下。』此語甚當。又敖器之有『鄧艾縋兵入蜀』之喻，亦是妙語。

二一

王荆公詩：『强逐蕭騷水，遥看慘淡山。』李鴈湖注云：『白傅：「池殘寥落水，窗下悠颺風。」唐人多有此句法。』然唐太宗固已有『色含輕重霧，香引去來風』之語。

二二

『繰成白雪桑重緑，割盡黄雲稻正青』二句，荆公集中再見。

二三

荆公謂：『用漢書語止可以漢書語對。若參以異代語，便不相類。』李鴈湖又謂：『公以梵語對梵語，如「阿蘭若」、「窣堵波」之類。』此理亦是神氣之謂。

二四

『一鳥不鳴山更幽』，自不如『鳥鳴山更幽』。王介甫好争長短，如此類之小者亦然。

二五

王半山『青山繚繞疑無路，忽見千帆隱映來』，秦少游『菰蒲深處疑無地，忽有人家笑語聲』所祖也。陸放翁『山重水複疑無路，柳暗花明又一村』，乃又變作對句耳。

二六

王介甫殘菊詩：『黄昏風雨打園林，殘菊飄零滿地金。』小説載：『嘉祐中歐陽文忠見此詩，笑曰：「百花盡落，獨菊，枝上枯耳！」因戲曰：「秋英不比春花落，爲報詩人子細看。」或又誤作王君玉詩。（今世俗又傳作東坡，笑之。）介甫聞之曰：「是不知楚辭云：『夕飡秋菊之落英。』歐陽九不學之過也。」』李鴈湖王荆公詩注云：『落英乃是「桑之未落」，華落色衰之落，非必言花委於地也。』歐、王二巨公，豈不曉此，小説謬不可信也。又蔡絛西清詩話云：『落，始也。今按始之義，乃落成之「落」，自與此「落」字不同〔一〕。而詩既以飄零滿地爲言，則似亦不僅色衰之義矣。』

【校記】

〔一〕『落字』二字，賸清稿本無。

二七

王荆公詩：『迢迢建業水，中有武昌魚。』如此鍊用古語，可謂入妙。

二八

王岐公，君玉從弟也。其詩亦不減君玉。大抵真宗、仁宗朝諸鉅公，詩多精雅整麗。蓋自宋初楊、劉以降，其源漸宏肆，遂不得不放出歐、蘇矣。

二九

陳襄述古，亦是妍好一路，而不及張子野。

三〇

公是、公非二集不傳。阮亭亦僅稱原父之『涼風響高樹』二句耳〔一〕。厲太鴻乃輯得原父十四首，貢父十一首，内如原父鐵漿館檀州五律、貢父長蘆寺七律、自校書郎出倅秦州七絶，皆傑作也。然李雁湖王詩注所載金陵懷古四詩，尚未採入。

【校記】

〔一〕『阮亭』，謄清稿本作『阮亭先生』。

三一

朱子謂李泰伯文字得之經中，皆自大處起議論。范文正薦之，以爲著書立言，有孟軻、揚雄之風。此不可以詩人論也。惟阮亭所採諸絶句有致，而吴鈔轉不具録。

三二

蘇才翁與子美聯句送梁子熙四言一篇，句句奇壯，魏武『對酒當歌』後，應推此篇。明道雜志稱：

『才翁詩書，俱過子美也。』〔一〕

【校記】

〔一〕『也』字，謄清稿本原無，此句後，謄清稿本原有：『予前年得唐人墨蹟，後有才翁手跋，字實蒼勁。』後翁方綱圈去此句，於『子美』後補入『也』字。

三三

宛陵以河豚詩得名，然此詩亦自起處有神耳〔一〕。

【校記】

〔一〕『自』，謄清稿本作『只』。

三四

都官詩，天真蘊藉，自非郊寒可比，然其真致處則相同，亦不免微帶酸苦意。唐、宋之有韓、歐，皆振起一代，而同時心交者，乃俱以刻苦出之，若此，亦異矣。

敖器之謂：『歐公，若四瑚八璉，止可施之宗廟。』梅詩則正與相反，至謂『關河放溜，瞬息無聲』，比喻亦妙絶矣。

三五

都官思筆皆從刻苦中逼極而出，所以得味反淺，不如歐公之敷愉矣。讀此方識荆公之高，不可及也。

三六

刻苦正須從敷愉中出，然梅公之筆，殊於魚鳥洲渚有情，此則孟東野所不能也。

三七

一篇之中，步步押險，此惟韓公雄中出勁，所以不露韻痕。然視自然渾成、不知有韻者，已有間矣。至若梅宛陵以清瘦之筆，每押險韻，無韓之豪，而肖韓之勁，恐未必然也。

李供奉雜言之體，乃壯浪者優爲之，豈可以清直之筆仿乎？而宛陵集亦有之，固無怪其擊賞歐公廬山高至於傾倒若彼也。

三八

蘇文忠月華寺詩自注：『寺隣岑水場，施者皆坑户也。百年間，蓋三焚矣。』語足儆頑，不特爲彼宗説法也。查初白注引余靖大峒山記有月華之名。按，大峒山自在郡北五十里，所謂月華，當别一處。此月華寺在濛瀼，去郡南百里，去曹溪三十里，正岑水場之地。乃梁天監二年丁未智藥三藏開創，今其真身在焉。予以正月十日晡時停舟訪之，虎跡滿岸，破茅三楹，寺僧出菩提樹葉以贈，并出近人所作月華寺志。詞之俚陋，固不足道，而其意大率爲檀施開説，正中蘇詩所訶也。

三九

蘇詩云：『水香知是曹溪口』，按，韶志載：『智藥三藏至此水口，飲水香美，謂其徒曰：此水與西天之水無異，源上必有勝地』云云。予以盂準量其水，已較曹溪九龍井水加重一錢。而曹溪九龍井水，又不及峽山寺水。蓋『出山泉濁』之理，於兹益信。而彼宗之妄，不辨自明矣。

四〇

舟中聽大人彈琴一篇，對世人愛新曲說，必當時坐間或有所指，因感觸而云然。故一篇俱是激昂意，直到末句，始轉出正意也。

此篇阮亭亦第以格韻之高選之，其實在蘇詩，只是平正之作耳。〔一〕

【校記】

〔一〕『此篇』前，蔣刻本有『〇』，謄清稿本另起爲一則。

四一

蘇石鼓歌，鳳翔八觀之一也。鳳翔，漢右扶風，周、秦遺迹皆在焉。昔劉原父出守長安，嘗集古簋、敦、鏡、甗、尊、彝之屬，著先秦古器記一編〔一〕。是則其地秦蹟尤多。所以此篇後段，忽從嬴氏刻石頌功發出感慨。不特就地生發，兼復包括無數古蹟矣，非隨手泛泛作過秦論也。

【校記】

〔一〕『編』，謄清稿本原作『書』，翁方綱圈去，改作『編』。

四二

蘇詩此歌，魄力雄大，不讓韓公，然至描寫正面處，以古器、衆星、缺月、嘉禾，錯列於後，以鬱律蛟蛇、指肚箝口渾舉於前，尤較韓爲斟酌動宕矣。而韓則快劍斫蛟，一連五句，撑空而出，其氣魄横絶萬古，固非蘇所能及。方信鋪張實際，非易事也。

四三

王維吴道子畫一篇，亦是描寫實際，且又是兩人筆墨，而浩瀚淋漓，生氣迴出。前篇尚有韓歌在前，此篇則古所未有，實蘇公獨立千古之作。

即如『亭亭雙林間』直到『頭如黿』一氣六句，方是箇『筆所未到氣已吞』也。其神彩，固非一字一句之所能蓋。而後人但舉其摠挈一句〔一〕，以爲得神，以下則以平叙視之，此固是作時文語，然亦不知其所謂得神者安在矣。

看其王維一段，又是何等神理，有此鍛冶之功，所以貴乎學蘇詩也。若只取其排場開闊，以爲嗣響杜、韓，則蒙吏所訶『貽五石之瓠』者耳。

【校記】

〔一〕『舉』，謄清稿本原作『標』，翁方綱圈去，改作『舉』。

四四

和子由記園中草木第一首『煌煌帝王都』四句，乃左太沖、陳伯玉之遺。而却以起句揭過一層，此又一變。

四五

第六首『喜見秋瓜老』，兼國風之妙義，而出入杜、韓，不獨語用杜也。（言及韓者，蓋有會於『照壁喜見蝎』也。）

四六

夜直秘閣呈王敏甫云：『只有閒心對此君。』『此君』，施注引晉王子猷語，指竹。恐未必然。白香山效陶詩云：『乃知陰與晴，安可無此君。』此君，指酒也。蘇豈用白語耶？

四七

石蒼舒醉墨堂詩末句云：『不用臨池更苦學，完取絹素充衾裯。』此與答文與可『願得此絹足矣』同意。而一勸人，一自謂，一意又可翻轉〔一〕。

【校記】

〔一〕『可』，謄清稿本作『自』。

四八

和蔡準郎中見邀遊西湖三首之一，首四句叙四時之景：一夏，二秋，三冬，四春。此即變化。（次韻和王鞏六首，其二：『敲冰春搗紙，刈葦秋織箔。櫟林斬冬炭〔一〕，竹塢收夏籜。』此又變。）

【校記】

〔一〕『斬』，蔣刻本原作『軒』，據謄清稿本及蘇軾和王鞏六首並次韻（其二）改。

四九

夜泛西湖五絶，以真境大而能化。在絶句中，固已空絶古人矣。

五〇

神宗熙寧二年，議更貢舉法，王安石以爲古之取士，俱本於學，請興建學校以復古。其明經諸科，欲行廢罷，使兩制三館議之直史館。蘇軾上議以爲不當廢，卒如安石議，罷詩賦帖經墨義，士各占治易、詩、書、周禮、禮記一經，兼論語、孟子。謂春秋有三傳，難通，罷之。試分四場：初大經，次兼經大義凡十道，次論一道，次策三道。時齊、魯、河朔之士，往往守先儒訓詁，質厚，不能爲文辭。東坡試院煎茶詩，作於熙寧壬子八月，時先生在錢唐試院，其曰『未識古人煎水意』，又曰『且學公家作茗飲』，蓋皆有爲而發。又有呈諸試官之作，末云：『聊欲廢書眠，秋濤春午枕。』與此詩末二句正相同。但此篇化用盧仝詩句，乃更爲精切耳。

五一

次韻用韻，至蘇公而極其變化。然不過長袖善舞，一波三折，又與韓公之用力真押者不同，未可概以化境目之。

五二

和章七出守湖州二首，起句『方丈仙人出淼茫』，揮麈録以爲讖語。然次首則仍是方丈仙人之意，蓋亦演之使不覺耳。

五三

娱老堂詩話謂詩有以法家、史、文語爲對者，如東坡七月五日作『避謗詩尋醫，畏病酒入務』之類。後來陸放翁亦時有之，然究非雅道也。

東坡集中陽關曲三首：一贈張繼愿、一答李公擇、一中秋月。詩話總龜謂：『坡作彭城守時，過齊州李公擇，中秋席上作絶句。其後山谷在黔南，以小秦王歌之。』初白補注云：『按玉局文，及風月堂詩話云：東坡中秋詩，紹聖元年自題其後：「予十八年前中秋與子由觀月彭城時作。」此詩以陽關歌之，此段正與詩合。其在李公擇席上所賦，即前篇答李公擇者是也。詩話總龜混兩詩爲一時事，訛也。』据此，則三詩不必其一時所作〔二〕，特以其調皆陽關之聲耳。陽關之聲，今無可攷。第就此三詩繹之，與右丞渭城之作，若合符節。今録於此以記之：

●○○●●○○　●○○●●○　●○●●●○●　○●○○○●○
『渭城朝雨浥輕塵，客舍青青柳色新。勸君更盡一杯酒，西出陽關無故人。』

●○○●●○○　●○○●●○　●○●●●○●　○●○○○●○
『受降城下紫髯郎，戲馬臺前古戰場。恨君不取契丹首，金甲牙旗歸故鄉。』（右贈張繼愿）

●○○●●○○　●○○●●○　●○●●●○●　○●○○○●○
『濟南春好雪初晴，行到龍山馬足輕。使君莫忘霅溪女，時作陽關腸斷聲。』（右答李公擇）

●○○●●○○　●○○●●○　●○●●●○●　○●○○○●○
『暮雲收盡溢清寒，銀漢無聲轉玉盤。此生此夜不長好，明月明年何處看？』（右中秋月）

其法以首句平起，次句仄起，三句又平起，四句又仄起，而第三句與四句之第五字，各以平仄互換。又第二句之第五字，第三句之第七字，皆用上聲。譬如填詞一般。漁洋先生謂『絶句乃唐樂府』，信不誣也。

【校記】

〔一〕『其』下，謄清稿本有一『爲』字。

五五

答任師中家漢公五古長篇，中間句法，於不整齊中，幻出整齊，如『豈比陶淵明』一聯，與上『閒隨李丞相』一聯，錯落作對，此猶在人意想之中；至其下『蒼鷹十斤重』一聯，『我今四十二』一聯，與上『百頃稻』『十年儲』一聯，乃錯落遥映，亦似作對。則筆勢之豪縱不羈，與其部伍之整閒不亂，相輔而行。蘇詩最得屬對之妙，而此尤奇特，試尋其上下音節，當知此説非妄也。

五六

海寧查夏重酷愛蘇詩『僧卧一菴初白頭』之句，而并明人詩『花間啄食鳥紅尾，沙上浣衣僧白頭』亦以爲極似子瞻。不知蘇詩『身行萬里半天下，僧卧一菴初白頭』，此何等神力，而『花間沙上』一聯，只到皮、陸境界，安敢與蘇比倫哉！查精於蘇，奚乃以目皮相若此！若必以皮毛略似，輒入品藻，則空同之學杜，當爲第一義矣。

五七

孟東野詩，寒削太甚，令人不歡。刻苦之至，歸於慘慄，不知何苦而如此！坡公讀孟郊詩二首，真善爲形容，尤妙在次首，忽云『復作孟郊語』，又摘其詞之可者而述之，乃以『感我羈旅』跋之，則益見其酸澀寒苦，而無復精華可挹也。其第一首目以『蟲號』，特是正面語，尚未極深致耳。

五八

葛常之云：『坡貶孟郊詩亦太甚。』因舉孟詩：『楚山相蔽虧，日月無全輝。萬株古柳根，拏此磷磷溪。』以爲造語之工。下二句，誠刻琢；至于『日月無全輝』，是何等言語乎？

五九

詩人雖云『窮而益工』，然未有窮工而達轉不工者。若青蓮、浣花，使其立於廟朝，製爲雅頌，當復如何正大典雅，開闢萬古！而使孟東野當之，其可以爲訓乎！

六〇

坡公亦太不留分際，且如孟東野之詩，再以牛毛細字書之，再於寒夜昏燈看之，此何異所謂『醉來黑漆屏風上，草寫盧仝月蝕詩』耶？

六一

芙蓉城篇，前半每六句略以頓歇〔一〕，見其音節也。至『仙宮』句以下，則一氣不停者。又『從夢中』一句，用律句變轉而下，以轉换其音節也。此借仙家寓言，而渺然無迹，不落言詮。不知漁洋先生，何以不入七言選本？（或因復一空字乎？）

【校記】

〔一〕『以』，謄清稿本作『一』。

六二

續麗人行末句，何以忽帶腐氣？不似坡公神理。

六三

和子由送將官梁左藏仲通一篇，前半寫睡景入神，然其語意，自有歸宿，須將後半談仙之意，挽轉看來，始得之。此與少陵聽『西方止觀經』而以『妻兒待米』收轉，同一理也。非少陵『桃花氣暖』一聯可比。〔一〕

【校記】

〔一〕此條末，謄清稿本原有『其深處在「桃痕著面」一句』雙行小注，翁方綱圈去。

六四

玉川月蝕詩：『星如撒沙出』云云，記異則可耳。若東坡中秋見月懷子由欲顯月之明，而云：『西南大星如彈丸，角尾奕奕蒼龍蟠。今宵注眼看不見，更許螢火争清寒。』此則未免視玉川爲拙矣。

尚賴『青螢明滅』以下轉得靈變，故不甚覺耳。

六五

『舟中賈客莫漫狂，小姑前年嫁彭郎。』是題畫詩。所以並不犯呆。而劉須溪有豈不知歸田録之譏，不必也。題畫則可，賦景則不可，可爲知者道耳。

六六

譏此詩者，凡以爲事出俚語耳。不知此詩『沙平風軟』句，及『山與船低昂』句，則皆公詩所已有，此非複見語耶？奈何置之不論也？試即以潁口見淮山一首對看，而其妙畢出矣。彼云『青山久與船低昂』，故以『故人久立』結之。『故人』即青山也，初無故事可以打諢也。但既是即目真話，亦不須借語打諢，始能出場也。至此首，則『舟中賈客』，即上之『棹歌中流聲抑揚』者也。『小姑』即上『與船低昂』之山也。不就里語尋路打諢，何以出場乎？況又極現成，極自然，繚繞縈迴，神光離合，假而疑真，所以複而愈妙也。

六七

『沙平風軟望不到』，用以題畫，真乃神妙，不可思議〔一〕。較之自詠望淮山不啻十倍增味也。昔唐人江爲題畫詩，至有『樵人負重難移步』之句，比之此句，真是下劣詩魔矣。而評者顧以引用小姑事，沾沾過計，蓋不記此爲題畫作也。

【校記】

〔一〕『可』，謄清稿本原作『測』，翁方綱圈去，改作『可』。

六八

容齋三筆謂『蘇公百步洪詩，重複譬喻處，與韓送石洪序同。』此以文法論之，固似矣；而此詩之妙，不盡於此。今之選此詩者，但以百步洪原題爲題，而忘其每篇自有本題。此篇之本題，則序中所謂『追懷曩遊，已爲陳迹』也。試以此意讀之，則所謂『兔走隼落』、『駿馬注坡』〔一〕、『絃離箭脱』、『電過珠翻』者，一層内又貫入前後兩層，此是何等神光，而僅僅以疊下譬喻之文法賞之耶？查初白評此詩，亦謂『連用比擬，古所未有。』予謂此蓋出自金剛經偈子耳。

【校記】

〔一〕『駿』，蔣刻本原作『駿』，據謄清稿本及蘇軾百步洪『駿馬下注千丈坡』改。

六九

泗州僧伽塔詩，看得透徹，説來可笑，此何必闢佛，乃能塞彼教之口耶？

七〇

東坡八首，第一首用『刮毛』，第八首又用『刮毛』，愈見其大，而不覺其犯。（遺山移居詩，從此八首出也。）

七一

四時詞，閨情之作也。當與四時子夜、四時白紵爲類。

七二

五禽言，亦近竹枝之神致。（梅詩四禽言，惟泥滑滑一首，爲歐公所賞，果然神到。其餘亦無甚佳致。蘇詩五首，亦不爲至者。）

七三

姪安節遠來夜坐詩第二句云：『殘年知汝遠來情。』既是用作對句，而題中又恰有『遠來』字，所以更有致也。雖同一姪事，尚不可苟且呑用也。

七四

蘇詩内和人韻之詩，亦有只云和某人某題，而不寫出次韻者；亦有寫次韻者，其只云和，而不云次韻者，實多次韻之作。想蘇公詩題，固無一定之例也。

七五

『半雜江聲作悲健』，改『悲壯』爲『悲健』，壯雖與健同意，而用法神氣，似乎不同。似未可以出自先生，而從爲之辭。

七六

即和秦太虚梅花詩末句押『畀昊』，『畀昊』恐又是一種神氣，似乎不甚稱。在先生之大筆，固是不規規於尺度，然後學正未可藉口。

七七

蘇公石鼓歌末一段，用秦事，亦本韋左司詞，而魄力雄大勝之遠矣。且從鳳翔覽古意，包括秦蹟，則較諸左司爲尤切實也。

七八

王中甫哀辭自次前韻結句云：『區區猶記刻舟痕。』固是收裹全篇之意，然於自次前韻，亦復即離闔合。蘇詩之妙，皆此類也。

七九

太白仙才，獨缺七律〔一〕。得東坡爲補作之。然已隔一塵矣。

【校記】

〔一〕『七律』下，謄清稿本原有『一段』二字，翁方綱圈去。

八〇

武昌西山詩，不減少陵。而次篇再用前韻，尤爲超逸〔一〕，真以雲英化水之妙，爲萬丈光燄者也。

【校記】

〔一〕『逸』，謄清稿本原作『遠』，翁方綱圈去，改作『逸』。

八一

蘇公之詩，惟其自言『河聲便是廣長舌，山色豈非清浄身』二語，足以盡之。

八二

又云：『始知真放本精微。』此一語，殆亦可作全集評也。

八三

郭熙畫秋山平遠題下注云：『文潞公爲跋尾。』此種注法，自非其人，不足當之。次亦須有關係題事。吾輩見古人題跋，宜知此。

八四

次韻米黻二王書跋尾二首，其第一首小小部位中，備極轉調之妙。

八五

換韻之中，略以平調句子，使之伸縮舒和，亦猶夫末句之有可放平者也。尤以平韻與仄韻相參錯，乃見其勢，却須以三平正調攙和之〔一〕。

【校記】

〔一〕『正調』，謄清稿本原作『正韻』，翁方綱圈去，改作『正調』。

八六

題李伯時淵明東籬圖：『悠然見南山，意與秋氣高。』本小杜詩句，而更加超脱。

八七

安州老人食蜜歌結四句云：『因君寄與雙龍餅，鏡空一照雙龍影。三吴六月水如湯，老人心似雙龍井。』亦若韓石鼓歌起四句句法。此可見起結一樣音節也。然又各有抽放平仄之不同。

八八

東坡澄邁驛通潮閣詩：『貪看白鷺横秋浦，不覺青林没晚潮。』真唐賢語也。僧仲殊（即蜜殊）過潤州絶句：『北固樓前一笛風』一首，亦唐人佳境。此皆阮亭池北偶談採宋絶句所未之及者。

八九

送小本禪師歸法雲：『是身如浮雲，安得限南北。』過大庾嶺詩：『仙人拊我頂，結髮受長生。』皆全用少陵、太白詩句，在東坡自有擺脱之道，然後學正不可學也。

九〇

潁州詩中勸履常飲一首結句：『他年五君詠，山王一時數。』（初貶英州詩：『殷勤竹裏夢，猶自數山王。』）數字應作上聲。而此詩七遇韻。蓋以義則從上，以音則從去也。

九一

歐公詠雪，禁體物語，而用『象笏』字，蘇用『落屑』字，得非亦銀玉之類乎？蘇詩又有『聚散行作風花瞥』之句，『花』字似亦當在禁例。

九二

洞庭春色詩：『應呼釣詩鈎，亦號掃愁帚。』頗不雅。與『詩尋醫』、『酒入務』相類。此詩題内自謂醉後信筆，頗有沓拖，風氣良然。

九三

柏家渡七古一首，阮亭所選。然此詩在蘇集中，非其至者。蓋此猶是渾渾唐詩氣象。而下四句，又似乎發洩不透，又不得以含蓄目之，亦不知其命意所在？查氏補注依外集編南遷卷中〔一〕。（但以盛唐格調爲詩，只可以範圍李空同一輩耳，豈可以範圍東坡哉？）

【校記】

〔一〕『遷』，謄清稿本原作『還』，翁方綱圈去，改作『遷』。

九四

坡公所云：『游羅浮道院棲禪精舍。』棲禪寺與羅浮道院並在豐湖之上，見江月五首引中。今編羅浮志者或以羅浮山中之道院實之，乃傅會之訛也。

九五

東坡在儋州詩有云：『問點爾何如？不與聖同憂。』雖是偶爾撇脱語，却正道著春風沂水一段意思。蓋春風沂水一段，與聖人老安少懷，究有虚實不同。不過境象相似耳。用舍行藏，未可遽以許若人也。孰謂東坡僅詩人乎？

九六

蘇公在惠州真一酒七律，是即賦其酒也。在儋州真一酒歌七古，則非賦其酒也。查初白既以爲取道家『三一還丹』之訣，借題作寓言矣，而又据本集寄徐得之真一酒法，以爲釀酒在惠州，此詩當亦在惠州作。或釀酒在惠，而作歌則在儋，未可知也。此言殊屬拘泥。本詩『細莖』云云，雖是借麥之字面，而其實與惠州所釀之酒，全無交涉，觀其序自明。

九七

汲江煎茶七律，自是清新俊逸之作。而楊誠齋賞之，則謂一篇之中，句句皆奇，一句之中，字字皆奇。此等語，誠令人不解。如謂蘇詩字句皆不落凡近，則何篇不爾？如專於此篇八句刻求其奇處，則豈他篇皆凡近乎？且於數千篇中，獨以奇推此，實索之不得其説也。豈誠齋之於詩，竟未窺見深旨耶？此等議論，直似門外人所爲。

九八

『前生自是盧行者，後學過呼韓退之』二句。蘇詩凡兩見。其後一處，用以贈術士，則更妙矣。

九九

東坡歸自嶺外，再和許朝奉詩：『邂逅陪車馬』四句，用扇對格。胡元任謂本杜詩『得罪台州去』云云，是也。但此詩『邂逅』一聯，乃第四韻。下『淒涼望鄉國』一聯，乃第五韻。如此錯綜用之，則更變耳。

一〇〇

東坡自嶺外歸，次韻江晦叔詩，苕溪漁隱極賞其『浮雲世事改，孤月此心明』〔一〕，所謂『語意高妙，吐露胸襟，無一毫窒礙』者也。然予意則賞其結二語云：『二江争送客，木杪看橋横。』以爲言外有神也。

【校記】

〔一〕『極』，謄清稿本作『亟』。

一〇一

東坡和蔡景繁海州石室「後車仍載胡琴女」云云，施注引東坡在黄有答景繁帖云：「某當携家一遊，時有胡琴婢，就室中作濩索涼州，凛然有冰車鐵馬之聲。婢去久矣，因公復起一念」云云。此與篇中「前年開閤」云云相合。而中州集載党承旨弔石曼卿詩，自注云：「曼卿嘗通守朐山，携妓飲山石間〔一〕，鳴琴爲冰車鐵馬聲。」則以此事爲曼卿，豈傳訛耶？

【校記】

〔一〕「山石」，謄清稿本原作「山之石」，翁方綱圈去「之」字。

一〇二

東坡與子由别詩，題中屢言「初别」。攷嘉祐六年辛丑冬先生授大理評事，簽書鳳翔判官時，子由留京侍老蘇公，十一月十九日與子由别於鄭州西門之外馬上賦詩七言古一篇，此二公相别之始也。熙寧二年己酉服闋還朝，任開封推官，尋改杭州通判，子由自陳送至潁州而别，有潁州初别子由五言古二首，其詩云：「我生三度别，此别尤酸冷。」所謂「三度别」者，自鄭州一别西門之後，治平三年，先生自鳳翔還朝，子由出爲大名推官，此事詳欒城集，而先生集中無詩。熙寧十年丁巳，先生以四月赴徐州任，是秋子由至徐，留月餘赴南都，有初別子由五言古一首。其將赴南都也，與先生會宿逍遥堂，作兩絶句。先生有和作二首。時子由從張文定簽書南京判官也。元豐三年庚申，先生赴黄州過陳，子由自南都來別，有子由自南都來陳三日而別五言古一首，時正月十四日也。五月，子由將赴筠州，復至黄州，留半月乃去，先生有迎子由詩七律一首，又五言古一首，而相別時無詩。元豐七年甲子，先生授汝州團練副使，五月由九江至筠州與子由別，有別子由三首兼別遲，皆七言古詩。又有初別子由至奉新作五言古一首。元豐八年乙丑，先生自登州以禮部員外郎召還朝，明年爲元祐元年丙寅，先生除中書舍人、翰林學士、知制誥，而是年子由亦自績溪令召入爲秘書省校書郎。至元祐四年己巳，先生除龍圖閣學士左朝奉郎，出守杭州，子由代爲翰林學士。是年子由使契丹，先生自杭作七律一首送之。其出守杭時，相別無詩。元祐六年辛未，先生自杭召還朝，除翰林承旨，是時子由爲尚書右丞。五月入院，以弟嫌請郡。八月，以龍圖閣學士出知潁州。時先生寓居子由東府（在右掖門之前），數月，而出知潁，乃作五言古一篇留別子由，題曰感舊詩，其序中記嘉祐中與子由同舉制策、寓居懷遠驛事，此事在辛丑馬上一篇之前，而本集無詩可攷也。元祐七年壬申，以兵部尚書召還，遷禮部尚書、端明殿學士兼翰林侍讀學士，明年癸酉八月，以龍圖、端明兩學士出知定州，九月十四日與子由別於東府，有東府雨中別子由五古一首。合前出知潁時，則東府之別，凡二次矣。（此首叙及『對床夜雨』事，先生與子由詩凡屢用之。感舊詩序中所記：『元豐中謫居黄岡，而子由亦貶筠州，嘗作詩以記其事。』則指元豐六年癸亥初秋寄子由五古一首言之，非別詩也。）紹聖四年丁丑，先生謫海南，子由亦貶雷州，五月十一日相遇於藤，同行至雷，六月十一日相別渡海，有子由終夕不寐因誦淵明詩勸余止酒和元韻贈別詩五古一首。以上攷先生別子由詩次第，大略如此。中言『初别』者凡三，蓋皆一時合併，不忍遽以別言，而特加『初』字，以志驚目之筆也。迨其後，又變別而云『感舊』，則『初別』之義益明矣。

一〇三

廣東有羊桃，一曰洋桃。其樹高五六丈，花紅色，一蔕數子。七八月間熟。色如蠟。一曰三斂，亦曰山斂，俗語訛『蔆』爲『斂』也。有五稜者名『五稜』，以糯米水澆之則甜，名糯羊桃。粵人以爲蔬，能辟嵐瘴之毒，以白蜜漬之，持至北方，可已瘧。蘇詩『恣傾白蜜收五稜』，謂此也。或乃指廣南以田爲稜，白蜜以言酒。或又引嶺表録瀧州山中多紫石英，其大小皆五稜。皆謬説也。

一〇四

七古平韻到底者，單句末一字忌用平聲，固已。然亦有文勢自然，遂成音節者。以蘇詩論之，即如『問今太守爲誰歟？雪眉老人朝扣門』、『潮陽太守南遷歸，山耶雲耶遠莫知』、『畫山何必山中人，汝應奴隸蔡少霞』之類，皆行乎其所不得不然者也。若『欲從稺川隱羅浮，故人日夜望我歸。』乃於一篇中有二句，要之，非出自然，則固不可耳。

一〇五

東坡和蔡景繁海州石室詩，阮亭不取入七言詩選，蓋以爲音節非正調也。然此間呼吸消納，自不得不略通其變。其于正調之理一也。

詩二十韻，單句以仄押句尾者，凡十一句。單句第五字用仄者，凡十七句。此則所以與對句第五字相爲吐翕，而可以不須皆用仄矣。蘇詩似此者尚多，可以類推。古夫于亭問答所載：『張蕭亭論單句住脚字，如以入爲韻，則第三句或用平，第五或用上，第七或用去。必錯綜用之，方有音節。』其言雖是，然猶未盡其竅郤也〔一〕。

【校記】

〔一〕『猶』下，謄清稿本原有『渾渾而』三字，翁方綱圈去。

一〇六

蘇詩『丹楓翻鴉伴水宿』，施注引『水禽曰宿』，但此句『宿』字，自指人説。

一〇七

宋詩鈔之選，意在別裁衆説，獨存真際，而實有過於偏枯處，轉失古人之真。如論蘇詩，以使事富縟爲嫌。夫蘇之妙處，固不在多使事，而使事亦即其妙處。奈何轉欲汰之？而必如梅宛陵之枯淡、蘇子美之鬆膚者，乃爲真詩乎？且如開卷鳳翔八觀詩，尚欲加以芟削，何也〔一〕？餘所去取，亦多未當。蘇爲宋一代詩人冠冕，而所鈔若此！則他更何論！

【校記】

〔一〕『何也』，謄清稿本原作『此何意也』，翁方綱圈去『此』『意』二字。

一〇八

文定自是北宋一作家，而鈔亦不入。

一〇九

漁洋云：『文定視文忠，郗莒矣。』然實亦自在流出，無一毫掩飾，雖局面略小，然勝於子美多矣。

抑且大於聖俞也。

一一〇

蓋自楊、劉首倡，接踵玉溪。臺閣鉅公，先以温麗爲主。其時布衣韋帶之士，何能孤鳴復古？而獨宛陵志在深遠，力滌浮濫，故其功不可没，而其所積則未厚也。昔人所云：『去浮靡之習於崑體極弊之際，存古淡之道於諸大家未起之先。』斯爲確評定論耳。

一一一

清江三孔，蓋皆學内充而才外肆者。然不能化其粗。正恐學爲此種，其弊必流於真率一路也。言詩於宋，可不擇諸！

一一二

平仲題老杜集云：『吏部徒能嘆光燄，翰林何敢望藩籬。』是亦以『吏部』爲韓，對李翰林矣。或以誤會歐詩而沿用之耶〔一〕？

【校記】

〔一〕『以』，謄清稿本作『亦』。

一一三

吳鈔云：『元祐文人之盛，大都材致横闊，而氣魄剛直，故能振靡復古。』其論固是。然宋之元祐諸賢，正如唐之開元、天寶諸賢，自有精腴，非徒雄闊也。即東坡妙處，亦不在於豪横。吳鈔大意總取浩浩落落之氣，不踐唐迹，與宋人大局未嘗不合，而其細密精深處〔一〕，則正未之別擇。即如論蘇詩，首在去梅溪之餖飣，而并欲汰蘇之富縟。夫梅溪之餖飣，本不知蘇，不必與之較也。而蘇豈以富縟勝者？此未免以目皮相。觀吳孟舉所作序，對針嘉、隆人一種呑剥唐人之習，立言頗爲有見。而及觀其中間所選，則是目空一切，不顧涵養之一莾夫所爲，於風雅之旨殊遠。

【校記】

〔一〕『密』，謄清稿本原作『而』，翁方綱圈去，改作『密』。

一一四

節孝先生徐積，東坡比之玉川子。然其月食詩，蹊逕淺露，非玉川之比也。其中間雜言後忽四言，與所作愛愛歌後半忽夾四言毛詩成句，皆不調叶。

一一五

徐仲車大河一篇，一筆直寫，至二百韻。殊無紀律。詩自有篇法節制，若此則不如發書一通也。李太白雜言一首，亦空叫囂，尚在任華之下。

一一六

鄭介公人品本不以詩重，阮亭謂其古交行、呈子京等篇，在樂天、東野間，亦因人而重其言耳。和王荆公何處難忘酒一章，大言炎炎，遂令荆公無地可容矣。

一一七

雲巢詩勝於西谿。雲巢，西谿之弟也。其和荆公土山韻詩三首，雖乏警策，亦自不弱。

一一八

張舜民芸叟詩，頗有意議。賜資治通鑑一首甚佳，不獨情文兼到，抑亦可備故實也。

一一九

王逢原題定州閱古堂詩叙：『韓丞相作堂，而於堂之兩壁，畫歷任守相將帥。』又謂：『請留中壁，搜國匠第一手寫韓公像。』此乃懸計之詞。其後果有作韓公像者，乃在魏公去定州之後。觀宋子京詩可見。

一二〇

逢原詩學韓、孟，肌理亦粗。而吴鈔乃謂其高遠過於安石。大抵吴鈔不避粗獷，不分雅俗，不擇淺深耳。

一二一

文湖州詩，氣韻不俗。比之蘇、黄諸公，覺未能深造耳。

一二二

秦淮海思致縣麗，而氣體輕弱。非蘇、黄可比。

一二三

張文潛氣骨在少游之上，而不稱著色。一著濃絢，則反帶傖氣。故知蘇詩之體大也。

一二四

侯鯖録所載文潛七夕歌、韓幹馬之類，皆不見佳。中興頌詩亦不佳。

一二五

厲樊榭疑聲畫集劉叔贛即貢父。今觀所載題畫諸作，氣格亦不凡，當是貢父詩也。初白注蘇，於韓幹馬詩，竟未採入。

一二六

郭功父金山、鳳凰臺諸作，皆體氣豪壯。而阮亭以爲詩格不高，其旨微矣。

一二七

黄裳冕仲詩，格雖不高，而頗有疎奇處。此自不能深造。然亦可見各人各種之不同，豈必蹈常襲故哉？

一二八

情景脱化，亦俱從字句鍛鍊中出，古人到後來，只更無鍛鍊之迹耳。而宋詩鈔則惟取其蒼直之氣，其於詞場祖述之源流，概不之講。後人何自而含英咀華？勢必日襲成調，陳陳相因耳。此乃所謂腐也。何足以服嘉、隆諸公哉？

一二九

説部之書，至宋人而富，如姚令威、洪容齋、胡元任、葛常之、劉後村之屬，不可枚舉。此即宋人注宋詩也。不此之取，而師心自用，庸有當乎？

一三〇

晁無咎信州南巖詩，起結純用杜公望嶽詩，可謂有形無神。

一三一

無咎才氣壯逸，遠出文潛、少游之上。而亦不免有邊幅單窘處。

一三二

李端叔詩，殊不爲工。東坡稱其工尺牘耳。

一三三

魏泰道輔隱居詩話云：『黄庭堅喜作詩得名，好用南朝人語，專求古人未使之一二奇字，綴葺而成詩。自以爲工，其實所見之狹也。故句雖新奇，而氣乏渾厚。吾嘗作詩題編後，云：「端求古人遺，琢抉手不停。方其得璣羽〔一〕，往往失鵬鯨。」』此論雖切，然未盡山谷之意。後之但求渾厚者，固有之矣。若李空同之流，殆所謂『鵬鯨』者乎？

【校記】

〔一〕『璣』，謄清稿本誤作『機』。

一三四

俞紫芝秀老詩思清逸，當與林君復並稱。

卷四

一

山谷竹枝詞序云：『古樂府有「巴東三峽巫峽長，猿鳴三聲淚霑裳。」但以抑怨之音，和爲數叠，惜其聲今不傳。予自荆州上峽入黔中，備嘗山川險阻，因作二叠〔一〕，傳與巴娘，令以竹枝歌之。』蓋每首後二句，叠一遍也。又云：『或各用四句入陽關小秦王亦可。』此則每句用叠也。按苕溪漁隱叢話：『唐初歌詞所存者，止瑞鷓鴣、小秦王二曲，是七言詩。瑞鷓鴣猶依字易歌，若小秦王必須雜以虚聲，乃可歌也。』查他山云：『小秦王一名古陽關，蓋小秦王與陽關音節相埒耳。』

【校記】

〔一〕『二』，蔣刻本原作『三』，據謄清稿本及黄庭堅豫章先生文集卷五竹枝詞二首改。

二

後三首託太白，大約此皆竹枝中極著意者矣。當與劉夢得之作抄爲一編，而以楊鐵崖之屬繼之。

三

『露花倒影柳三變，桂子飄香張九成。』『山抹微雲秦學士，露花倒影柳屯田。』阮亭自謂其『月映清淮何水部，雲飛隴首柳吴興』勝於前句。至若山谷云：『閉門覓句陳無己，對客揮毫秦少游。』而後人有句云〔一〕：『揮毫對客曹能始，簾閣焚香尹子求。』〔二〕此不謂之襲舊乎？

【校記】

〔一〕『而後人有句云』，謄清稿本原抄作『而錢牧齋則云』，翁方綱圈去『錢牧齋則』，改作『後人有』，無『句』字。

〔二〕『簾』，蔣刻本原作『閉』，據謄清稿本及錢謙益牧齋初學集卷十七姚叔祥過明發堂共論近代詞人戲作絶句十六首（其七）改，王士禛池北偶談卷十一、帶經堂詩話卷十五、卷二九引錢謙益句，亦作『簾』。

四

阮亭所舉宋賢絶句可繼唐賢者，凡數十首。然何以不舉山谷廣陵早春之作？云：『春風十里珠簾捲，髣髴三生杜牧之。紅藥梢頭初繭栗，揚州風物鬢成絲。』〔一〕

【校記】

〔一〕『物』，謄清稿本原抄作『動』，翁方綱圈去，改作『物』字。按，吴之振編宋詩鈔卷二八引黄庭堅詩，誤作『動』，山谷内集詩注卷七等原作『物』。

五

山谷於五古亦用巧織，如古律然，特其氣骨高耳〔一〕。

【校記】

〔一〕『高』，謄清稿本原作『强』，翁方綱圈去，改作『高』。

六

談理至宋人而精，説部至宋人而富，詩則至宋而益加細密。蓋刻抉入裏，實非唐人所能囿也。而其總萃處，則黄文節爲之提挈，非僅『江西派』以之爲祖，實乃南渡以後，筆虚筆實，俱從此導引而出。善夫，劉後村之言曰：『國初詩人如潘閬、魏野，規規晚唐格調；楊、劉則又專爲「崑體」；蘇、梅二子，稍變以平澹豪傑，而和之者尚寡；至六一公，翕然爲大家，學者宗焉。然各極其天才筆力之所至，非必綴鍊勤苦而成也。豫章稍後出，會粹百家句律之長，究極歷代體製之變，蒐討古書，穿穴異聞，作爲古律，自成一家。雖隻字半句不輕出，遂爲本朝詩家宗祖。』按此論不特深切豫章，抑且深切宋賢三昧。不然而山谷自爲『江西派』之祖，何得謂宋人皆祖之？且宋詩之大家，無過東坡，而轉祧蘇祖黄者，正以蘇之大處，不當以南北宋風會論之，舍元祐諸賢外，宋人蓋莫能望其肩背。其何從而祖之乎？吕居仁作江西宗派圖，其時若陳後山、徐師川、韓子蒼輩，未必皆以爲銓定之公也。而山谷之高之大，亦豈僅與猷原一刻，争勝毫氂！蓋繼往開來，源遠流長，所自任者，非一時一地事矣。論者不察，而于宋詩鈔品之曰：『宋詩宗祖。』〔一〕是殆必將全宋之詩境，與後村立言之旨，一一研勘也。觀其所鈔，則又不然，專以平直豪放者爲宋詩，則山谷又何以爲之宗祖？蓋所鈔全集，與其品山谷之言，初無照應，非知言之選也。

【校記】

〔一〕『宗』，蔣刻本原作『宋』，據謄清稿本及吴之振編宋詩鈔卷三八黄庭堅山谷詩鈔『宋詩家宗祖』句改。

七

宋人精詣，全在刻抉入裏，而皆從各自讀書學古中來，所以不蹈襲唐人也。然此外亦更無留與後人再刻抉者。以故元人祇剩得一段丰致而已。明人則直從格調爲之。然而元人之丰致，非復唐人之丰致也。明人之格調，依然唐人之格調也。孰是孰非，自有能辨之者。又不消痛貶何、李始見真際矣。

八

漁洋先生所講『神韻』，則合丰致、格調爲一而渾化之。此道至于先生，謂之集大成可也。

九

漁洋先生則超明人而入唐者也。竹垞先生則由元人而入宋而入唐者也。然則二先生之路，今當奚從？曰：吾敢議其甲乙耶？然而由竹垞之路爲穩實耳。

一〇

吴孟舉之鈔宋詩，若用其本領以鈔邵堯夫、陳白沙、莊定山諸公之詩，或可成一片段耳。

一一

山谷詩，譬如榕樹自根生出千枝萬幹，又自枝幹上倒生出根來。若敖器之之論，只言其神味耳。

一二

『不貪夜識金銀氣』；『手自與金銀』；是真事，故不礙。然阮亭尚以『手自與金銀』爲病。至後山云『莫辭行樂費金銀』，則不可矣。

一三

後山贈魯直云：『陳詩傳筆意，願立弟子行。』又云：『人言我語勝黄語，扶竪夜燎齊朝光。』此其所以叙入紫微宗派之圖也。任天社云：『讀後山詩，似參曹洞禪，不犯正位，切忌死語，非冥搜旁引，莫窺其用意深處。』因爲作注。而敖器之亦謂：『後山如九皋獨唳，深林孤芳，冲寂自研，不求賞識。』昔漁洋先生嘗疑天社之語未盡然，而謂：『後山終落鈍根，視蘇、黄遠矣。』按詩林廣記云：『後山之詩，近于枯淡。』愚觀宋詩之枯淡者，惟梅聖俞可以當之。若後山則益無可回味處，豈得以枯淡爲辭耶？若黄詩之深之大，又豈後山所可比肩者！蓋元祐諸賢，皆才氣横溢，而一時獨有此一種，見者遂以爲高不可攀耳。

一四

後山極意仿杜，固不得杜之精華。然與吞剥者，終屬有間。即以中間有生用杜句者，亦不似元遺山之矯變，亦不似李空同之整齊。蓋此等處，尚有朴拙之氣存焉。求之杜詩，如『吾宗老孫子』一篇，是其巔頂已。

一五

後山所作温公挽詞三首，真有杜意，而吴不鈔。

一六

唐詩妙境在虚處，宋詩妙境在實處。初唐之高者，如陳射洪、張曲江，皆開啓盛唐者也。中、晚之高者，如韋蘇州、柳柳州、韓文公、白香山、杜樊川，皆接武盛唐、變化盛唐者也。是有唐之作者，總歸盛唐。而盛唐諸公，全在境象超詣。所以司空表聖二十四品，及嚴儀卿以禪喻詩之説，誠爲後人讀唐詩之準的。若夫宋詩，則遲更二三百年，天地之精英，風月之態度，山川之氣象，物類之神致，俱已爲唐賢占盡。即有能者，不過次第翻新，無中生有。而其精詣，則固别有在者。宋人之學，全在研理日精，觀書日富，因而論事日密。如熙寧、元祐一切用人行政，往往有史傳所不及載，而于諸公贈答議論之章，略見其概。至如茶馬、鹽法、河渠、市貨，一一皆可推析〔一〕。南渡而後，如武林之遺事，汴土之舊聞，故老名臣之言行、學術，師承之緒論、淵源〔二〕，莫不借詩以資考据。而其言之是非得失，與其聲之貞淫正變，亦從可互按焉。今論者不察，而或以鋪寫實境者爲唐詩，吟咏性靈、掉弄虚機者爲宋詩。所以吴孟舉之宋詩鈔，舍其知人論世、闡幽表微之處，略不加省，而惟是早起晚坐、風花雪月、懷人對景之作，陳陳相因。如是以爲讀宋賢之詩，宋賢之精神，其有存焉者乎？

【校記】

〔一〕『析』，謄清稿本原作『晰』，翁方綱圈去左『日』旁。

〔二〕『學術』，謄清稿本原似作『士出』，翁方綱圈去，改作『學術』；『承』，謄清稿本原作『及』，翁方綱圈去，改作『承』。

一七

徐俯師川詩亦清逸，在龜父、無逸之上。〔一〕

【校記】

〔一〕按，此條後，謄清稿本原有一則，作：『洪玉父滕王閣憶侍兒二絶句頗佳，其爲葉少藴歌閲駿馬圖篇中，有云：「葉公好尚有祖風，苦變真龍似畫龍。」按，葉公好龍，自音涉，而葉少蘊之姓，豈音涉乎？』後翁方綱框去以示删除，天頭另有行書校語：『此條誤也。葉本音涉，即今葉姓，無二字。』今按：『苦變』，據洪炎（字玉父）西渡集，當作『苦愛』。

一八

韓子蒼詩，平匀中自有神味。目之曰『江西派』，宜其不樂。（游赤壁七律，直到杜、蘇分際。）

一九

李商老彭之詩，後邨謂其『拘狹少變化』，良然。

二〇

晁具茨詩高逸，漁洋極賞之〔一〕。然邊幅究不能濶大。至送一上人還滁一詩，則無咎不能爲也。漁洋所心賞當在此〔二〕。而吴鈔乃獨不取之，蓋以爲涉禪耳。〔三〕

【校記】

〔一〕『漁洋』，謄清稿本原作『漁洋先生』，翁方綱圈去『先生』二字。

〔二〕『此』，謄清稿本原作『此處』，翁方綱圈去『處』字。

〔三〕謄清稿本此後原有一句：『論詩如此，真窾缺小聞也。』後翁方綱圈去整句。

二一

劉後村謂具茨詩，惟放翁可以繼之。然具茨五言詩，殊非陸務觀所能髣髴。

二二

邢惇夫居實，才氣横逸，其明妃引乃十四歲作，而奄有元祐諸公之氣勢。東坡、山谷皆深惜之。此宋時之李長吉也。

二三

小斜川詩自注：吴開府游隆中爲諸葛孔明賦詩，有『翻覆看俱好』之句，爲世稱誦。此句可抵一篇孔明傳論，而簡質婉妙。（蘇詩哭刁景純有『反覆看愈好』之句。又留別叔通元弼坦夫一首内亦有之。）

二四

米詩亦入宋詩鈔。其實米固有英靈氣，而自别一路人，其精力不專聚於詩也。其平生精力，大抵全在書畫，所與往還，則薛道祖、劉巨濟也。

二五

『春光吴地減，山色上林深。』此江公望民表題艮岳句。劉後村跋云：『比之鄧肅花石綱詩，彼刻露而此含蓄矣。』然栟櫚集中花石詩，氣格亦自遠大，不減少陵。

二六

葉石林詩，深厚清雋，不失元祐諸賢矩矱。證以避暑録話，平生出處倏然，集中點次景物亦如之。然方虚谷瀛奎律髓有黨蔡尊舒，陰抑蘇、黄之論。甚矣！知人論世之不易也。

二七

王明清記李邯鄲孫亨仲言：『家有梅聖俞詩善本。世所傳，多爲歐陽公去其尤者，忌能名之壓己也。』明清辨其非實。梅之能名，本不足以壓歐陽；而邯鄲此説，以小人誣君子，其謬妄固不必言。然亦實因都官全集警策處差少，所以致來誣者之口。若蘇詩，則人雖欲爲此誣言，其可得乎？

二八

漁洋先生舉『扁舟洞庭去，落日松江宿』，謂愚山驚爲蘇州文房之作。聞是聖俞，乃爽然自失。然予謂梅詩若以一句兩句高出衆流，尚不止此，如『淮南木葉驚，淮上使君行』；『春洲生荻芽，春岸飛楊花』；『南國易悲愁〔一〕，西風起高樹』；『雨脚收不盡，斜陽半古城』之類。何嘗非廣德以前人語？但通篇氣到力到者，不可多得。此其所以不及歐、蘇諸大家耳。鄙意正非薄視梅詩，須知甫變『崑體』，其力量已不可當，初不必求全責備也。

【校記】

〔一〕『愁』，蔣刻本原作『秋』，據謄清稿本及梅堯臣依韻和胡武平懷京下游好詩句改。

二九

墨莊漫録稱：『唐子西詩多新意，不沿襲前人語。當時有小東坡之目。（同生眉山，同貶惠州。）然格力雖新，而肌理粗疎，遜于蘇、黄遠矣。』吴鈔乃謂後出固勝，亦矯枉過正之言也。〔一〕

【校記】

〔一〕按，此條後，謄清稿本有一則：『唐子西圓蛤詩「黄犢鳴水中」云云，今粵中多有之，土人呼爲水狗。』後翁方綱框去以示删除。『蛤』，謄清稿本原誤作『蛤』，據唐庚眉山唐先生文集卷一圓蛤詩改。

三〇

『養生主』、『齊物論』，並子西在惠所作酒名。其詩有『滿引一杯齊物論』之句，然新而帶傖氣矣。（此較東坡『詩尋醫』、『酒入務』更當何如？）

三一

汪彦章藻已有漫興絶句，此誤故不始於楊廉夫也。

三二

汪浮溪詩，深厚麗密，非南渡諸人可及。

三三

詩人玉屑云：『陸放翁詩本於茶山，茶山本于韓子蒼，三家句律，大概相同。至放翁則加豪矣。』然茶山詩較放翁渾成自然，固不可及。

三四

拗律如杜公『城尖逕仄』一種，歷落蒼茫，然亦自有天然鬭筍處。非如七古專以三平爲正調也。曾文清幾遊張公洞一首，第二句及四六八句，皆以三平煞尾。此昔所未見也，得毋執而不知變耶？

三五

王履道安中，宣和七年睿謨殿應制百韻詩，鋪叙而已，未見作家之致。且有音節不諧處。其題老杜畫像一首云：『聲名乾坤破，生事歲月促。』二句頗有杜意。

三六

孫仲益五歲屬對，爲東坡所賞，其詩思筆亦自清峻。但多生剥前人字句，則亦不能開拓無前也。

三七

孫仲益詩云：『解啼孤月如雞口，堪笑窮郊作許悲。』此雖一時漫與之言，然亦見孟詩之苦太過也。

三八

苕溪漁隱所舉其尊人汝明（舜陟號三山老人）泛歙溪五首，謂句法深得老杜意味。然中間如『舟疑天上坐』，則亦孫仲益鴻慶集之類也。豈後人則不可，而前人轉可乎？但其氣味，究竟與何、李不同，所以後人不復議之。

三九

簡齋葆真宮避暑詩，一時推爲擅場，人皆傳寫。然『清池不受暑，夜半嘯烟艇』，起結亦本杜句也。中間固自脱然。

四〇

簡齋自言曰：『詩至老杜極矣。蘇、黄復振之，而正統不墜。東坡賦才大，故解縱繩墨之外，而用之不窮。山谷措意深，故游詠玩味之餘，而索之益遠。要必識蘇、黄之所不爲〔一〕，然後可以涉老杜之涯涘。』

【校記】

〔一〕『識』，謄清稿本原作『誠』，翁方綱圈去，改作『識』。

四一

簡齋以墨梅詩擢置館閣，然唯『意足不求顔色似，前身相馬九方皋』句有生韻，餘亦不盡佳也。『京洛』『緇塵』，尚有神致，『陳玄』，則傖氣矣。

四二

『平生老赤脚，每見生怒嗔。』『張子霜後鷹，眉骨非凡曹。』『覺來迹便掃，韓公真躁人。』『顧用憂懷抱，乾雲進酒杯。』『片雲無思極，我知丈人真。』『清池不受暑。』『惜無陶謝手，日動春浮木。』以上諸句，簡齋集中似此類者尚多，不可一一枚述。大約彷佛後山之學杜，而氣韻又不逮。蓋同一未得杜神，而後山尚有朴氣，簡齋則不免有傖氣矣。若以此爲杜嗣，則不若直舉李空同之堂堂旗鼓，明目張膽〔一〕，上接指麾，何必瞞人哉！

【校記】

〔一〕『膽』，謄清稿本原作『胆』，翁方綱圈去，改作『膽』。

四三

後村舉簡齋『登臨吴蜀横分地，徙倚湖山欲暮時。』此其岳陽樓句也。又『樓頭客子杪秋後，日落君山元氣中』二語，亦不愧學杜。

四四

胡邦衡謫新州，王盧溪獨作詩送行，盧溪以此得名。其詩亦多剥襲杜句。想爾時諸賢所得如此，尚不及後來李、何輩之雄力耶？

四五

王荆公題惠崇畫，屢用『道人三昧力』之語。初以爲只摹寫其畫筆之精耳，及見王盧溪題崇畫詩自注云：『往年見趙德之，説惠崇嘗自言：「我畫中年後有悟入處，豈非慧力中所得之圓熟故耶？」今觀此短軸，定非少年時筆也。』此可取以證荆公之詩〔一〕，雖贊畫之語，亦有所據而云也。

【校記】

〔一〕『證』，謄清稿本原作『証』，翁方綱改字形作『證』。

四六

朱新仲翌：『此時老子興不淺，旦日將軍幸早臨。』『何以報之青玉案，我姑酌彼黃金罍。』固是成語。然『黃金』尚露墨痕。若其題顏魯公畫像云：『千五百年如烈日，二十四州惟一人。朝衣視坎趨前死，羽服行山即此身。』則自出手眼，實爲奇特。

四七

曹松隱勛乾道聖德頌，自謂擬元和之作，然平平無佳處。

四八

知稼翁黃公度悲秋詩最有名，然只是形，不是神耳。其題嵩臺詩云：『四山如畫古端州，州在西江欲盡頭。』二語切肇慶，確不可易。

四九

王瞻叔之望中興頌一詩，亦非高作。而其論頗有理。至云次山之文可也簡，亦平允之論也。次山詩亦然。

五〇

劉屏山汴京紀事諸作，精妙非常。此與鄧栟櫚花石綱詩，皆有關一代事迹，非僅嘲評花月之作也。宋人七絶，自以此種爲精詣。阮亭先生所舉四十首，蓋借作印證，欲學者超入唐人耳。

五一

梁溪集詩亦平雅，其遊張公洞五古長篇，雖不及香山，尚較皮、陸有實際。（竹垞云：『尤延之、范致能爲楊廷秀所服膺，而不入其流派。』）

五二

朱子齋居感興二十首，于陳伯玉採其菁華，剪其枝葉，更無論阮嗣宗矣。作詩必從正道，立定根基，方可印證千條萬派耳。

五三

袁機仲通鑑紀事本末，徽國文公讀之，有詩云：『要將報答陛下聖，矯首北闕還潛然〔一〕。屬辭比事有深意，憑愚護短驚羣仙。』讀此，足見機仲此書意識遠矣。

【校記】

〔一〕『潸』，謄清稿本原作『潛』，翁方綱圈去，改作『潸』。

五四

朱子山北紀行十二章，并注觀之，可抵一篇遊廬山記。

五五

『舊學商量加邃密，新知培養轉深沉。』朱子次陸子静韻詩也。朱子詩自以此種爲正脉，蓋從道中流露也，而吴鈔轉不之及。

五六

周益公自謂『人以老杜相期』，惟童敏德謂『不合學東坡』，殆非知詩者矣。吴鈔亦謂『其由白傅而溯浣花。』今看其詩，未能免於傖俚，已入楊誠齋法門矣。惟高宗挽詞差佳，吴所不取。

五七

少室山房詩藪及方萬里跋並云：『尤、楊、范、陸』，或又稱『蕭、楊、范、陸』，爲南宋四大家（見漁洋香祖筆記。）誠齋答堯章詩，又云『尤蕭范陸四詩翁。』（竹垞獨以此爲四家，云尤公之作，流傳者寡；蕭特僅見其數首。後之論者，遂易之曰：尤、楊、范、陸。）〔一〕

【校記】

〔一〕按，此條後，謄清稿本原有一則，作：「楊誠齋以范石湖爲清新，尤梁溪爲平澹，陸放翁爲敷腴，蕭千巖爲工致，姜白石以范爲温潤，楊爲痛快，蕭爲高古，陸爲俊逸。」後翁方綱框去以示删除。

五八

白石學詩于千巖，同時有黄巖老亦號白石，亦學於千巖，時稱『雙白石』云。千巖學於曾幾吉甫。

五九

阮亭云：『范石湖之視陸放翁，何啻霄壤！』蓋平熟之中，未能免俗也。

六〇

石湖於桑麻洲渚，一一有情。而其神不遠。其佳處，則白石所稱『温潤』二字盡之。

六一

巫山圖一篇，辨後世媟語之誣，而語不工。且云『玉色頩顔元不嫁』〔一〕，此更傖父面目矣。其後入蜀，又作巫山高一篇，亦不佳。

【校記】

〔一〕『頩』，蔣刻本原作『赬』，據謄清稿本及范成大韓無咎檢詳出示所賦陳季陵户部巫山圖詩仰窺高作歎息彌襟余嘗考宋玉談朝雲事漫稱先王時本無據依及襄王夢之命玉爲賦但云頩顔怒以自持曾不可乎犯干後世弗察一切溷以媟語曹子建賦宓妃亦感此而作此嘲誰當解者輒用此意次韻和呈以資撫掌詩改。『頩』，典出神女賦『頩薄怒以自持』，范成大詩題引作『頩顔』並據以用典。

六二

石湖善作風景語，于竹枝頗宜。

【校記】

〔一〕按，此條後，謄清稿本原有一則，作：『石湖分歲詞，即今辭歲也，以「質明奉祠今古同」引起，似覺比擬不倫。』後翁方綱框去以示删除。

六三

范、陸皆趨熟，而范尤平迤，故間以零雜景事綴之。然究未爲高格也。

六四

竹垞云：『正者極於杜，奇者極於韓，此躋夫三峯者也。宋之作者，不過學唐人而變之耳。非能軼出唐人之上。若楊廷秀、鄭德源之流，鄙俚以爲文，詼笑嬉褻以爲尚，斯爲不善變矣。』又曰：『今之言詩者，每厭棄唐音，轉入宋人之流派，高者師法蘇、黃，下乃效及楊廷秀之體，叫囂以爲奇，俚鄙以爲正。譬之於樂，其變而不成方者與！』又曰：『自明萬曆以來，公安袁無學兄弟，矯嘉靖七子之弊，意主香山、眉山，降而楊、陸。其辭與志，未有大害也。景陵鍾氏、譚氏，從而甚之。』阮亭亦有『楊、范佻巧取媚』之論。

六五

秦檜賣奸誤國，當時目爲金人姦細。而楊誠齋以移中擬之，獨不畏下筆之不倫耶？篇末用杜語，亦帶傖父氣。

六六

誠齋過楚州淮陰侯廟一詩，桯史謂壁間無繼者〔一〕，此篇屬辭比事，可謂極工，然亦不過祇到元人分際。

【校記】

〔一〕『桯』，謄清稿本、蔣刻本原作『柱』，據桯史卷一二淮陰廟『遍壁間殆無繼者』句改。

六七

誠齋讀罪己詔詩極佳，此元從真際發露也。若但取其嬉肆之作，則失之矣。

六八

誠齋之詩，巧處即其俚處。

六九

讀唐人及半山詩云：『半山便遣能參透，猶有唐人是一關。』此與嚴滄浪論半山之語相合。豈滄浪用此耶？然誠齋之參透半山，殊似隔壁聽耳，又不知所謂唐人一關在何處也。

七〇

寫景事，有筆酣時，此則楊、范、陸三家之所同也。

七一

誠齋之詩，上規白傅，正自大遠；下視子畏，却可平衡。

七二

吴孟舉之鈔宋詩，於大蘇則欲汰其富縟，於半山則病其議論，而以楊誠齋爲太白，以陳後山、簡齋爲少陵，以林君復之屬爲韋、柳。後來頽波日甚，至如祝枝山、唐伯虎之放肆，陳白沙、莊定山之流易，以及袁公安、鍾伯敬之佻薄，皆此一家之言浸淫灌注，而莫可復返。所謂率天下而禍仁義者。吴獨何心，乃習焉不察哉？

七三

誠齋之竹枝，較石湖更俚矣。

七四

誠齋寄題儋耳東坡故居詩云：『古來賢聖皆如此，身後功名屬阿誰？』此套用蘇詩『古來重九皆如此，别後西湖付與誰』也。可謂點金成鐵。

七五

誠齋屢用轆轤進退格，實是可厭。至云：『尤蕭范陸四詩翁，此後誰當第一功？新拜南湖爲上將，更牽白石作先鋒。』叫囂傖俚之聲，令人掩耳不欲聞。

七六

石湖、誠齋，皆非高格。獨以同時筆墨，皆極酣恣，故遂得抗顏與放翁並稱。而誠齋較之石湖，更有敢作敢爲之色，頤指氣使，似乎無不如意，所以其名尤重。其實石湖雖只平淺，尚有近雅之處，不過體不高，神不遠耳。若誠齋以輕儇佻巧之音，作劍拔弩張之態，閱至十首以外，輒令人厭不欲觀，此真詩家之魔障。而吴鈔鈔之獨多，自有肺腸，俾民卒狂。孟子所謂『放淫息邪』，少陵所謂『别裁僞體』，其指斯乎！

七七

吴竹洲送錢虞仲兄弟云：『窮愁懶漫吾猶故，文采雍容子甚都。』句下自注云：『借用。』然『車騎雍容子甚都』，用相如事，已見蘇詩。不知何以注云『借用』也。

七八

宋人七律，精微無過王半山。至于東坡，則更作得出耳。阮亭嘗言東坡七律不可學，此專以盛唐格律言之〔一〕，其實非通論也。

【校記】

〔一〕『言之』下，謄清稿本原作：『東坡固不踐唐人之迹者，然以七律通澈言之，則右丞、東川輩以及牧之、義山之屬，皆謂之君子可也，若東坡，謂之善人可也，聖人，則杜也。有恒則王半山、虞道園也。滄溟、空同，豈不美且大矣？然政未可同日而道。』後翁方綱框去以示删除，并改書『其實非通論也』六字。

七九

樓大防之詩，密於考證，蓋其夙學如此。至於氣格，則終自單窘，未能自樹一幟。

八〇

後村稱王義豐詩『高處逼陵陽、茶山。』今觀其詩，清切有味，遠出誠齋、石湖之上。而世不甚稱之〔一〕。即以近體中姑蘇龍塘云：『浮玉北堂三萬頃，扁舟西子二千年。』此豈南渡諸公所能耶？其他如『山在斷霞明處碧，水從白鳥去邊流。』『倚松茅屋斜開逕，近水人家半賣魚。』亦皆佳句。

【校記】

〔一〕『而世不甚稱之』，謄清稿本原作『而世人不多稱之』，翁方綱圈去『人』『多』二字，并於『多』字旁改書『甚』

字。

八一

竹垞嘗摘劍南七律語作比體者，至三四十聯。然亦不僅七律爲然，放翁每遇摹寫正面，常用此以舒其筆勢，五古尤多。蓋才力到正面，最難出神彩耳。讀此，方知蘇之大也。〔一〕

【校記】

〔一〕按，此條後，謄清稿本原有一則，作：『筆勢之縱，到放翁，固是今古之傑，然正苦於闌入處尚多耳。』後翁方綱框去以示删除。

八二

放翁謁昭烈惠陵及諸葛祠詩：『論高常近迂，才大本難用。』竟是全用蘇句〔一〕，但有顛倒，以下句作上句耳。

【校記】

〔一〕『蘇句』下，謄清稿本原有『似涉太易』四字，翁方綱圈去。

八三

七古末句放平，初無一定之式，只看上面下來如何耳，又看通體如何。〔一〕

【校記】

〔一〕按，此條後，謄清稿本原有一則，作：『「王師未報收東郡，城闕秋生畫角哀」，在杜亦偶然耳。陸放翁乃演至多少句，屢次叠出，大同小異，其亦可厭也已。』後翁方綱框去以示删除。

八四

放翁荆州歌七古，儼然竹枝。

八五

放翁詩『我得茶山一轉語，文章切忌參死句』二語，自道其得力處也。

八六

放翁五言古詩，平揖石湖，下啓遺山。

八七

直用杜句，陸每有之。然與遺山之超脱不同〔一〕。

【校記】

〔一〕『然與遺山之超脱不同』，謄清稿本原作『然不如遺山之超脱』，翁方綱圈去『不如』，改作『與』，並在句末補『不同』二字。

八八

楊、范、陸極酣肆處，正是從平熟中出耳。天固不欲使南渡復爲東都也。

八九

雖以陸公有杜之心事，有蘇之才分，而驅使得來，亦不離平熟之逕。氣運使然，豪傑亦無如何耳！

九〇

放翁詩善用『痕』字。如『窗痕月過西』、『水面痕生驗雨來』之類，皆精鍊所不能到也。

九一

放翁稽山行五言一首，意擬吴趨、燕歌之製也。『何以共烹煮』，句法猶近。

九二

放翁以寶章閣待制修實録訖即致仕〔一〕，優游鏡湖、耶谿間，久領林泉之樂。筆墨之清曠，與心地之淡遠，夷然相得於無言之表。固有在葉石林之上者，無論他人之未忘世諦者也。

【校記】

〔一〕『訖』，謄清稿本原作『完』，翁方綱圈去，改作『訖』。

九三

自後山、簡齋抗懷師杜，所以未造其域者，氣力不均耳。降至范石湖、楊誠齋，而平熟之逕，同輩一律。操牛耳者，則放翁也。平熟則氣力易均，故萬篇酣肆，迥非後山、簡齋可望。而又平生心力，全注國是，不覺暗以杜公之心爲心，于是平言中有物，又迥出誠齋、石湖上矣。然在放翁，則自作放翁之詩，初非希杜作前身者。此豈後之空同、滄溟輩但取杜貌者，所可同日而語！〔一〕

【校記】

〔一〕『此豈』二字，謄清稿本原無，翁方綱補入；『者所』二字，謄清稿本原作『固不』，翁方綱圈去，改作『者所』。又，此句後，謄清稿本原作：『至石門吴孟舉竟一味以杜之神骨相賞，吾亦顧三薰而三沐之，俾少安毋躁。』後翁方綱框去以示删除。

九四

止齋贊讀嘉邸，於孝、光間過宫之事，最致懃拳。癸丑冬一詩，可覘其志矣。（此極有關係詩，而吴不鈔。）

九五

陳止齋詩，吴鈔稱其『得少陵一體』。然氣力單窘，尚在後山、簡齋之下。

九六

王晦叔炎雙溪集詩，力庸格窘。

九七

梅磵詩話稱：『雪巢林憲景思詩〔一〕，尤、楊二公皆許之。』近世三衢鄭景龍編宋百家詩續選，摘出『羣花飛盡楊花飛』、『楊花飛盡無可飛』等句，謂其『超出詩人準繩之外』云云，此句殆所謂下劣詩魔者，不知選者何以稱之也？

【校記】

〔一〕『憲』字，謄清稿本作小注。

九八

陳唐卿造官務命書諸作〔一〕，自白樂天秦中吟出，亦風人之旨，足以感人善俗者也。

【校記】

〔一〕『造』字，膳清稿本作小注。

九九

唐卿亦有打諢處，然傖俚矣。打諢最要精雅〔一〕。

【校記】

〔一〕『最』，膳清稿本作『正』。

一〇〇

水心永嘉橘枝詞三首，記永嘉土風，而以永橘起義〔一〕，其第一首則專詠橘也。

【校記】

〔一〕『永』，謄清稿本作『詠』。

一〇一

薛士龍七言，以南渡俚弱之質，而效盧玉川縱横排突之體，豈復更有風雅？而吴鈔乃稱之。

一〇二

西山真文忠公帥潭州日，會長沙十二縣宰之作，可謂仁義之人，其言藹如。

一〇三

姜白石除夜自石湖歸苕溪十絶句，極爲誠齋所賞。然白石詩風致勝誠齋遠矣。誠齋顧以張功父比之耶〔一〕？

【校記】

〔一〕『耶』字，謄清稿本原作『此財主門客，酒肉習氣，何嘗有關風雅哉』，翁方綱框去，改作『耶』字。

一〇四

周方泉氣味頗自不俗，當在姜堯章伯仲間。

一〇五

高菊磵翥詩〔一〕，亦有風致，不減白石、方泉。當時書坊陳起刻江湖小集，自是南渡詩人一段結構，正何必定求如東都大篇，反致力不逮耶？

【校記】

〔一〕『翥』字，謄清稿本作小注。

一〇六

陳起絕句，如秋懷、夜過西湖之類皆工。

一〇七

『四靈』皆『晚唐體』，大率不出姚合、賈島之緒餘。阮亭謂『如襪材窘于方幅』者也。吴鈔乃謂『唐詩由此復行』。

一〇八

徐璣之言曰：『昔人以浮聲切響、單字雙句計巧拙，蓋風騷之至精也。近世乃連篇累牘，汗漫而無禁，豈能名家哉！』趙師秀亦云：『一篇幸止有四十字。更增一字，吾末如之何矣！』右皆深悉甘苦之語。然亦惜其知專一而不知變化，故能事止于琢句也。師秀所謂『飽喫梅花數斗，使胸次玲瓏』者，全在工於鍊句處耳。

一〇九

戴石屏白紵歌託寄清高，與樂府白紵詞之旨不同。

一一〇

石屏有論詩十絶，其論宋詩曰：『本朝詩出于經。』此人所未識，而復古獨心知之。又謂『胸中無千百卷書〔一〕，如商賈乏貲，本不能致奇貨。』此皆務本之言。而其詩純任自然，則阮亭所謂『直率』者也。

【校記】

〔一〕『卷』，謄清稿本原作『字』，翁方綱圈去，改作『卷』。

一一一

自唐之司空表聖、宋之敖器之，皆精於評語，爲譚藝家所推。而所自作，皆未能與所評相稱。若嚴滄浪五言數篇，稍與所談微中。閨怨、懊儂諸小詩，亦不減唐賢風味。但惜不多見耳。

一一二

朱繼芳静佳乙稿、俞桂漁溪稿，皆有秀韻。杜旃癖齋集長句，亦有風格。

一一三

戴昺，石屏之從孫也。其答妄論宋唐詩體云：『性情元自無今古，格調何須辨宋唐。』語意自是，而直率逞快者，未必不因乎此。

一一四

後村齊人少翁招魂歌諸篇，得長吉韻致〔一〕。

【校記】

〔一〕『得』前，謄清稿本有『真』字，『韻致』前，謄清稿本有『之』字，翁方綱圈去。

一一五

阮亭嘗謂『後村詩，專用宋事，畢竟欠雅。』蓋直作故事入聯中，非如讀崇寧長編、題繫年録諸作〔一〕，詠感時事之謂也〔二〕。

【校記】

〔一〕『編』，蔣刻本原作『篇』，據謄清稿本及劉克莊讀崇寧後長編詩改。

〔二〕此句後，謄清稿本原有：『阮亭云：「其詩予別有論說。」不知在何書，記查之。』後翁方綱框去以示删除。

一一六

文信國亂離六歌，迫切悲哀，又甚於杜陵矣。

一一七

黄希聲文雷昭君行一篇，序中辨從來作者沿襲之誤，甚與本事相合。按漢書『郅支既誅，呼韓邪單于且喜且懼，上書願朝。竟寧元年，單于入朝，自言願壻漢氏以自親。元帝以後宮良家子王嬙字昭君賜單于。』此與贊語中所述『孝文妻以漢女，增厚其賂』云云，情形迥乎不同。不得以和親事一概而論也。

一一八

吴惟信中孚小詩，極有意味。不獨吴下老儒爲之下拜而已。

一一九

何潛齋夢桂深於易。吴鈔謂其詩淳朴。阮亭則與王義山同評爲『酸腐庸下』者也。

一二〇

梁隆吉嘗以登大茅峯詩繫獄〔一〕，蓋宋末詩人一志士也。此種當與天地間集諸詩，同作知人論世之慨，不必盡以格律律之。

【校記】

〔一〕『梁』字，謄清稿本原無，翁方綱校補增入。

一二一

牟獻之題淵明圖序云：『江州刺史王茂弘諸孫，已荷朝寄，猶知有賦歸去來者。於此時遣白衣擔酒遠餉，邂逅一醉，大是奇事。集中九日詩僅兩首，而王弘所餉，己酉九日，十有餘年，略不見於詩。此翁志節耿亮，與秋俱高，固不暇於歲歲皆詩，「此中有真意，欲辨已忘言」，正當求之言句之外可也。』此論固獻之以自寓耳。亦翻舊生新。（居易録稱其九日詩序『發前人所未發』，倘指此耶？）

一二二

皋羽諸樂府，慷慨飛動，騷之裔也。然帶巫覡氣，故非盛世之音。

一二三

皋羽晞髮近稿一卷，詩五十首，皆近體，即阮亭所謂『才盡』者。（後附天地間集十餘首，即阮亭所謂『此太寥寥，當是不完之書』〔一〕。）

【校記】

〔一〕『書』後，謄清稿本有一『者』字。

一二四

南渡自『四靈』以下，皆摹擬姚合、賈島之流，纖薄可厭。而谷音中數十人，乃慷慨頓挫，轉有阮、陳、杜少陵之遺意。此則激昂悲壯之氣節所勃發而成，非從細膩涵泳而出者也。

一二五

天台山人黄星甫，嘗於粤中詩社試枕易詩，推爲第一。考官李侍郎應祈批：『詩題莫難於枕易，蓋以其不涉風雲雨露、江山花鳥，此其所以爲難也。』然後四句，頗寓易代之感，此則文外寄託。

一二六

元初之詩，亦宋一二遺民開之。況其詩半在入元後所作，似乎入元亦是。若另爲數卷以别於元人，其庶幾可乎。

一二七

林同魏孝子詩，以『陟屺』望母，『不比狄參軍』之『望雲』〔一〕，亦前人所未道。

【校記】

〔一〕『望雲』前，謄清稿本原有一『徒』字，出自林同魏孝子之『思親徒望雲』句，後翁方綱圈去『徒』字。

一二八

周草窗詩，肌理頗粗。

一二九

許彥周詩話云：『覺範題李愬畫像，當與黔安並驅。』然其他篇，亦有氣格近山谷處。

卷五

一

遺山撰録中州集云：『國初文士，如宇文太學、蔡丞相、吴深州等，不可不謂之豪傑之士。然皆宋儒，難以國初文派論之。故斷自正甫爲正傳之宗，党竹谿次之〔一〕，禮部閒閒公又次之。』遺山之論如此。而顧俠君乃以遺山入元詩，何耶？

【校記】

〔一〕『党』，謄清稿本原誤作『黨』，翁方綱圈去並改作『党』。

二

朱諫議之才和東坡跋周昉欠伸美人，用漢宫李夫人轉面不顧事，頗精。全篇合看，尚非高作耳。

三

朱葭州自牧句云：『寒天展碧供飛鳥，落日留紅與斷霞。』頗工。

四

党承旨粉紅雙頭牡丹詩，不爲高作。

五

屏山李先生純甫赤壁風月笛圖一詩，即遺山赤壁圖所本。

六

照了居士王彧和二宋落花詩，頗傖劣。

七

遺山舉李長源佳句，如『洛陽才子懷三策』之類凡數聯。阮亭則於中獨舉『烟波蒼蒼孟津戍，旌旗歷歷河陽城』一聯。愚謂長源懷淮陰詩『渭水波濤喧隴阪，散關形勢軋興元』，氣格亦不減古人也。大約以幽、并慷慨之氣出之，非盡追摹格調而成。

八

遺山金亡不仕，著壬辰之編，撰中州之詩，掩淚空山，殫心野史，此豈可以元人目之？顧俠君選元百家詩，既欲自附於中州集，知人論世之大義，而開卷先錯謬如此，此何説也！

九

當日程學盛於南，蘇學盛於北，如蔡松年、趙秉文之屬，蓋皆蘇氏之支流餘裔。遺山崛起党、趙之後，器識超拔，始不盡爲蘇氏餘波沾沾一得，是以開啓百年後文士之脈。則以有元一代之文，自先生倡導，未爲不可。第以入元人，則不可耳。

一〇

遺山以五言爲雅正，蓋其體氣較放翁淳静。然其鬱勃之氣，終不可掩，所以急發不及入細，仍是平放處多耳。但較放翁，則已多淳蓄矣〔一〕。

【校記】

〔一〕「已多淳蓄矣」，謄清稿本原作「已爲雅正矣」，翁方綱圈去「爲雅正」，改作「多淳蓄」。

一一

遺山五古，每叠一韻，以振其勢，微與其七古相類。蓋肌理稍疎，而秀色清揚，却自露出本色耳。

一二

五言詩，自蘇、黄而後，放翁已不能脚踏實地。居此後者，欲復以平正自然，上追古人，其誰信之？雖以遺山秀筆，而執柯睨視，未之審也。甚矣，取逕之難也。

一三

遺山七言歌行，真有牢籠百代之意。而却亦自有閒筆、對筆〔一〕，又攙和以平調之筆，又突兀以叠韻之筆，此固有陸務觀所不能到者矣。

【校記】

〔一〕『閒』，蔣刻本原作『間』，據謄清稿本改。

一四

遺山七古〔一〕，詞平則求之於氣，格平則求之於調。

【校記】

〔一〕『七古』下，謄清稿本原有『意平則求之於字』，翁方綱圈去。

一五

合觀金源一代之詩，劉無黨之秀拔，李長源之俊爽，皆與遺山相近。而由遺山之心推之，則所奉爲一代文宗如歐陽六一者，趙閒閒也；所奉爲一代詩宗如杜陵野老者，辛敬之也。至於遺山所自處，則似乎在東坡，而東坡又若不足盡之。蓋所謂乾坤清氣，隱隱自負，居然有集大成之想。

一六

梁園春五首，可與西園詩相印證。

一七

遺山樂府，有似太白者，而非太白也；有似昌谷者，而非昌谷也。

一八

『切響浮聲發巧深』一篇，蓋以縛于聲律者，未必皆合天機也。然音節配對，如雙聲叠韻之類，皆天地自然之理，亦未可以巧字概抹之。

一九

論詩絶句『奇外無奇』、『金入洪爐』二篇，即先生自任之旨也。此三十首，已開阮亭『神韻』二字之端矣，但未説出耳。

二〇

梁園春、續小娘歌、雪香亭雜詠，皆關係金源史事與遺山心事。

二一

顧俠君所選元詩，凡三集。漁洋、竹垞並稱述之。然漁洋所稱，只初集之百家而已。或後兩集漁洋未及見耶？

二二

李莊靖詩，肌理亦粗。説者乃合韓、蘇、黄、王以許之，殊爲過當。

二三

爾時蘇學盛於北，金人之尊蘇，不獨文也〔一〕。所以士大夫無不沾丐一得。然大約于氣概用事，未能深入底蘊。

【校記】

〔一〕『不獨文也』，謄清稿本作『不啻孔子』，無校改。

二四

遺山雖較之東坡，亦自不免肌理稍麤。然其秀骨天成，自是出羣之姿。若無其秀骨，而但于氣概求之，則亦末矣。

二五

顧俠君謂元人用韻，頗有淆譌，而入聲尤甚。或以北方土語，混入古音；或以閩、越方言，謬稱通用〔一〕。如庚、青、蒸與真、文韻同押，再如魚、虞與支、齊同押，此豈非變而太過者！然其來已久矣。若劉靜修桃源行：『漁舟載入人間世，却悔桃花露蹤跡。』此則竟是北方土音之偶相似者，未及撿審耳。然竊疑遺山虞坂行『孫陽騏驥不並世』句亦是如此，雖上已有韻，而以文勢論之，此句似叠一韻者耳〔二〕。

【校記】

〔一〕『用』下，謄清稿本原有一字，翁方綱圈去。

〔二〕『者耳』，謄清稿本原作『者姑記於此』，翁方綱圈去『姑記於此』，旁補『耳』字。

二六

靜修全學遺山。遺山風力極大，而所受則小。若靜修之桃源行云：『小國寡民君所憐，賦役多慙負天子。』則傷於小巧矣。

二七

宋人諺云：『江南若破，白鴈來過。』静修白鴈行即賦此事也。

二八

静修詩，純是遺山架局，而不及遺山之雅正。似覺加意酣放，而轉有傖氣處。即以調論，細按亦微有未合。以遺山之天骨開張，學之者自應別有化裁。如静修之詩，第以雄奇磊落之氣賞之可耳。若以詩家上下源流之脈言之，殊未入於室也。

二九

方虛谷秋晚詩云：『堂堂陳去非，中興以詩鳴。』又云：『恭惟陳無己，此事獨兼之。』看其意甚尊兩陳。

三〇

又云：『沈宋非不工，子昂獨高步。畫肉不畫骨，乃以帝閑故。』以此論詩，其旨隘矣。然末二句，可作東坡韓幹馬七古長篇注脚。

三一

方虚谷論宋詩，如謂宋初諸公李文正、徐常侍昆仲、王元之、王漢謀爲『白體』，楊、劉、二宋、張乖崖、錢僖公、丁崖州爲『崑體』，寇萊公、魯三交、林和靖、魏仲先父子、潘逍遥、趙清獻之徒爲『晚唐體』，皆是。獨以蘇子美與歐陽公稱『二難』，相爲頡頏。又謂梅聖俞爲『唐體』之出類者，此則未喻其旨。大約虚谷之意，以『西江』體裁，量後先諸家。於『蘇門』中，獨取張文潛，謂『自然有唐風，别成一宗。』

三二

『西崑』之靡弱，『西江』以麤勁反之，『四靈』以清苦洗之，而又太狹淺。此馮定遠之言也。

三三

虚谷自言七言決不爲『許渾體』，妄希黄、陳、老杜，力不逮，則退爲白樂天及『張文潛體』。五言慕後山苦心久矣，亦多退爲平易，蓋其職志如此。

三四

戴帥初詩：『寒起松鳴屋，吟圓月上身。』『老樹背風深拓地，野雲依海細分天。』『鄉山雲淡龍移久，湖市春寒鶴下遲。』皆佳句也。又如『甃塹水温初荇菜，粉牆風細欲梨花。』『六橋水暖初楊柳，三竺山深未杜鵑。』此二聯，句法亦新。

三五

耶律文正詩，阮亭評爲『質率』。池北偶談摘其從軍西域數詩，以爲頗有風味。今統觀之，大約總不出乎『質率』。

三六

蘇子卿上林鴈足書事，乃詭言以動單于，非實有其事也。至元郝伯常使宋，被留於真州，汴中民射鴈金明池，得繫帛書云：『霜落風高恣所如，歸期回首是春初。上林天子援弓繳，窮海孤臣有帛書。中統十五年九月一日放鴈，獲者勿殺。國信大使郝經書於真州忠勇軍營新館。』是時南北隔絶，不知中統之爲至元也。（中統十五年，即至元十一年也。明年乙亥四月，奉使還。）

三七

郝伯常唐十臣像歌，每人四句，平板實無義味。

三八

子昂云：『作詩用虚字，殊不佳；中兩聯，填滿方好。』以此力矯時弊。此言雖近于有意，然初學正不可不知。

三九

趙子昂東陽八詠樓詩，頗有風致。

四〇

袁伯長才氣，在趙子昂之上。

四一

伯長上京雜詠叙次風土極工，不減唐人。

四二

馬伯庸詩，亦極展才氣。然較之袁伯長，覺邊幅稍單窘矣。

四三

漁洋謂仲章境地，未能深造。歌行間工發端，而窘於邊幅。視同時虞伯生、范德機亦諸侯之附庸也。今觀其詩才，又在馬伯庸之下。（子師泰有玩齋集。父子相繼，著述並傳，亦盛事也。）

四四

張中丞養浩贈劉仲憲一詩，七古至六十八韻，然殊平漫。

四五

許有孚沴然臺雪用東坡聚星堂韻之作，並非禁體，詩亦不工。

四六

有宋南渡以後，程學行於南，蘇學行於北。其一時才人俊筆，或未能深入古人腠理。而一二老師宿儒之傳，精義微言，專在講學，又與文家之妙，非可同條而語。至如南宋諸公之學，尤在精于考證，如鄭漁仲、馬貴與以逮王深寧，源遠流長，百年間亦須有所付受。入元之代，雖碩儒輩出，而菁華醖釀，合美爲難。虞文靖公承故相之世家，本草廬之理學，習朝廷之故事，擇文章之雅言，蓋自北宋歐、蘇以後，老于文學者，定推此一人，不特與一時文士争長也。

四七

道園兼有六朝人醖藉，而全於含味不露中出之，所以其境高不可及。（嘗有『少陵愛何遜，太白似陰鏗』之句，實亦自道。）

四八

虞伯生七律清深，自王荆公以後，無其匹敵。

四九

虞伯生竹枝歌，不減劉夢得。

五〇

伯生七古，高妙深渾，所不待言。至其五古，於含蓄中吐藻韻，乃王龍標、杜牧之以後所未見也。

五一

至治、天曆之間，館閣諸公如虞伯生、袁伯長、王繼學、馬伯庸，每多唱和，如代祀西嶽、上京雜詠之類。

五二

田汝成西湖志餘所載『順帝即位時，馬尾縫眼，由是兩目喪明』之事，顧氏但據史『寧宗殂時，曾召入議政，謝病歸』，以證其誣。然爲此説者，第因文靖晚年目疾，而傅會耳。予前年得宋宣和畫猫卷，有文靖題云：『御筆製猫毛毬奇，畫師雖巧亦難齊。中原麟鳳知多少？未得君王一品題。至正五年夏仙井虞集。』按至正五年文靖已七十四矣，筆勢尤蒼逸，信乎前説之誣也。

五三

文靖有一筆可當人數十筆處，而又于風流醖藉得之，並不枯直。

五四

楊仲弘詩，骨力既孱，格調復平；設色賦韻，亦未能免俗。不解何以與虞齊名？

五五

仲弘格力，尚在袁伯長、馬伯庸之下。乃鐵崖西湖竹枝序云：『我朝詞人能變宋季之陋者，稱仲弘爲首，而范、虞次之。』此真不可解也。

五六

范文白詩頗有格調，亦不能深入。此事有格調，則可以支架矣。亦較楊仲弘稍雅。

五七

仲弘覺有盛氣，故有『百戰健兒』之稱。德機純就格調，故有『唐臨晋帖』之目。然而德機之格調，亦自不能堅實，與仲弘之盛氣等耳。

五八

揭曼碩曉出順承門有懷太虛五言四句，全襲古詩，只改『東門』爲『南門』，其餘不易一字。此真不可解也。

五九

虞伯生嘗謂揭曼碩詩如『三日新婦』，己詩如『漢庭老吏』。揭聞之不悦，故憶昨詩有『學士詩成每自誇』之句。虞得詩，謂門人曰：『揭公才力竭矣。』因答以詩云：『故人不肯宿山家，夜半驅車踏月華。寄語傍人休大笑，詩成端的向誰誇？』并題其後云：『今日新婦老矣。』按揭曼碩詩，格調固自不乏，然亦不能深入，雖間有秀色，而亦不爲新艷。不知所謂『三日新婦』與『美女簪花』者，何以肖也？

六〇

總之，楊、范、揭三家，不應與虞齊名。其所以齊名者，或以袁伯常、馬伯庸輩，才筆太縱，轉不若此三人之矜持格調者，謂可以紹古乎？然以格調論之，范稍雅飭，揭稍有致，楊則平平，皆非可語於道園之學古也。

六一

黄文獻爲有元制作大手〔一〕，其詩亦具風骨，而入之不深，放之不大。若比楊仲弘，則固勝之遠矣。此究是讀書人詩也，只不能超然脱化耳。

【校記】

〔一〕「黄文獻」，謄清稿本原作「文獻」，翁方綱補入「黄」字。

六二

以詩筆論之，黄文獻應在袁、馬之次。

六三

柳道傳觀趙使君所藏書畫古器物詩，太平直無節族變化。試以梅都官三館書畫詩比之，則優劣見矣。

六四

柳道傳詩有矩矱，亦未能含蓄變化，聲調亦不能開拓，大抵黄晉卿伯仲間耳。

六五

歐陽原功詩，所傳雖不甚多，而精神亦少〔一〕，又在黄、柳之次。蓋學有本原，詞自規矩，初非必專精於詩也。

【校記】

〔一〕『精神』，謄清稿本作『精深』。

六六

薩天錫白翎雀一首，學虞伯生作，可謂點金成鐵。

六七

薩鴈門京城春莫七律，太像小杜。鴈門詩多如此者。然似此轉非善學小杜，不過大致似之耳。

六八

天錫雀鎮阻風云：『南人北人俱上塚，桃花杏花開滿城。』此是自然風致。

六九

天錫七律，故不深入。然其才情有餘，則亦有詞到而氣格俱到者矣。

七〇

鴈門自有才情，然句法有太似前人者，則以其中未嘗深入故耳。

七一

鴈門風流跌宕，可謂才人之筆。使生許渾、趙嘏間，與之聯鑣並馳，有過之無不及也。

七二

王子宣宫詞云：『南風吹斷采蓮歌，夜雨新添太液波。水殿雲廊三十六，不知何處月明多？』王龍標、杜樊川之流亞也。然昔人論此篇，却謂不及薩天錫之作。天錫云：『清夜宫車出建章，紫衣小隊兩三行。石闌干外銀燈過，照見芙蓉葉上霜。』此則才人之極筆矣。愚謂即此二詩，而元、明兩代與唐人離合遠近之故，已自判然，不待拈諸大篇而後知也。

七三

薩天錫詩，宫詞絶句第一，五律次之，七古、七律又次之，五古又次之。再加含蓄深厚，杜牧之不是過也。

七四

顧秀野元百家詩，體裁潔净，勝于吴孟舉宋詩鈔遠矣。猶嫌未盡審别雅俗耳。如關係史事，及可備考證者，自不應概以文詞工拙相繩。若其言懷叙景之作，自當就各家各體，從其所長，而去其所短。一人有一人之菁華，豈必一例編載，陳陳相因哉？

七五

宋子虚七言樂府諸篇，馮海粟所極賞者。藻力雖極横逸，然不無矯强處。非薩鴈門天然清麗可比。似未可概以古錦囊中語目之。

七六

宋子虛李翰林墓詩：『承恩金馬詔，失意玉環詞。』雖太白復生，亦當激賞。

七七

子虛春別云：『楊柳昏黄晚西月，梨花明白夜東風。』可謂清新未經人道。

七八

西湖酒家壁畫枯木云：『拗怒風雷龍虎氣，盤摺造化乾坤力。』造化、乾坤，複見句中，可乎？

七九

宋子虛詩題中稱唐玄宗爲李三郎，此小説口角，烏可以入詩哉？元人文字，所以漸流於曲子也。

八〇

宋子虚西湖詩云：『戀著銷金鍋子暖，龍沙忘了兩宫寒。』語雖直致，可當宋詩史〔一〕。

【校記】

〔一〕『宋』，謄清稿本作『南宋』。

八一

宋子虚嘷㘎集詠古諸作，甚塵陋。題龔翠巖中山出遊圖七古亦劣。

八二

張蜕菴范寬山水一首中忽插九言一句，似未盡叶。元人如宋子虚之類，才氣非不豪縱，然其音節，未必皆天然合拍者也。

八三

張仲舉不爲孛羅帖木兒草詔，自誓一詩，足表千古矣。

八四

蜕菴小遊仙詞八首，勝於曹堯賓。

八五

蜕菴才調富有，兼以宕逸之氣出之，阮亭先生稱其有法度。（阮亭所見，乃洪武三年錫山郎成鈔本，凡四卷，稱書法妍妙，逼真佛遺教經。此本秀野當未見也。）

八六

楊廉夫序玩齋集，論元一代之詩，有『郝、元初變，未拔於宋；范、楊再變，未幾于唐』之語。此似以遺山入元詩。然第一時稱述之詞，從流溯源之論耳，未可以爲據也。

八七

當時之論，以虞、楊、范、揭齊名。或者又以子昂入之，稱虞、楊、趙、范、揭。楊廉夫序貢師泰玩齋集，又稱『延祐、泰定之際，虞、揭、馬、宋，下顧大曆與元祐，上踰六朝而薄風雅。』金華戴叔能序陳學士基夷白齋集云：『我朝自天曆以來，以文章擅名海内者，並稱虞、揭、柳、黄。』（鐵崖又序郯九成曰〔一〕：『虞詩爲宗〔二〕，趙、范、楊、馬、陳、揭副之。』此言是矣，而不及袁伯長。）由此觀之，可見諸公齊名，元無一定之稱。楊、范、揭與馬、宋等耳，皆非虞之匹。趙子昂亦馬伯庸伯仲。黄、柳雖皆著作手〔三〕，而以詩論之，亦不敵虞。爾時論者必援虞以重其名耳。

【校記】

〔一〕『郯九成』下，謄清稿本有『詩』字。

〔二〕『虞詩爲宗』，謄清稿本作『元之詩，虞爲宗』。今按：楊維楨郯韶詩序作：『我元之詩，虞爲宗。』

〔三〕『著作手』，謄清稿本作『大制作手』。

八八

貢玩齋黃河行七古，中間及結處，忽然叠下騷句，又插以四言，似于音節太硬。昔阮亭嘗以雜言長句，爲英雄欺人。然亦看上下音節何如耳。

八九

玩齋題韓滉移居圖詩，清勻有節。元人七古，多濃鋪金粉。似此者正不可多得。

九〇

玩齋學圃吟七古長篇中『水菘山芥菠薐苽』云云〔一〕，一連排蔬果名目，至十句之多，亦前人所未有也。

【校記】

〔一〕『七古長篇』，謄清稿本原作『長七古篇』，翁方綱圈去『七』字前『長』字，於『古』下校補『長』字。『菘』，謄清稿本原誤從『⺮』，翁方綱改作『艹』。

九一

玩齋力清勁而韻深秀，又非横逞才氣者可比。

九二

玩齋題蘇子瞻像詩甚奇。其題淵明小像云：『呼童檢點門前柳，莫放飛花過石頭。』則細意之作也。（一作袁敬所詩，恐誤。蓋敬所嘗書此詩耳。）

九三

玩齋西湖竹枝亦工。

九四

張蜕菴、貢玩齋皆元末大家。玩齋元亡隱吴淞江上，其才致清逸，殆不讓鴈門〔一〕。

【校記】

〔一〕『贗門』前，謄清稿本有『薩』字。

九五

前輩有一篇名作，後人多效之。如虞道園白翎雀，迺易之京城燕詩效之，薩天錫又效之。

九六

易之金臺集，風格翹秀，多有關風化之言，不苟爲炳炳烺烺者也。

九七

蜕菴、玩齋、易之諸什，皆具有風骨，非漫爲彩色者。置諸馬伯庸、揭曼碩諸公間〔一〕，正自未肯多讓。

【校記】

〔一〕『碩』，謄清稿本誤作『石』。

九八

鹿皮子陳樵寒食詞：『緜上火攻山鬼哭，霜華夜入桃花粥。重湖烟柳高插天，猶是咸淳賜火烟。』語濃意警。阮亭謂其有『麥秀黍離之痛』。

九九

陳居采詩，學温、李而有清奇之氣。

一〇〇

謝宗可詠物詩凡百篇，題既皆出雕鐫，詩亦刻意纖瑣，大率有形無神，所謂麗而無骨者也。然亦不能十分綺麗，以其都是平鋪耳。

一〇一

吳淵潁泰山高，仿歐公廬山高也。奇氣似欲駕出其上。

一〇二

韓文公云：『横空盤硬語，妥帖力排奡。』此評孟東野，却不甚肖；若以評吳淵潁，却肖也。淵潁詩奇情異彩，都從生硬斫出，又以自己胸中鎔經鑄史之氣，而驅使一時才俊之字句，卓然豪宕，凌厲無前。視黄、柳諸公，不啻倍蓰過之。但細按之，未免出於有意耳。

一〇三

吳正傳才藻凡弱，不能與黄、柳相抗。又勿論立夫也。

一〇四

歐陽原功叙周衡之此山集云：『宋、金之季詩人，宋之習近骪骳，金之習尚號呼。南北混一之初，猶或守其故習。今則皆自刮劘而不爲矣。世道其日趨于盛矣乎！』此論特借此山集發之耳。

一〇五

李長吉詞調藻韻，故自艷發。然至元人，不拘何題，不拘何人，千篇一律，千手一律，真是可厭。其一二體氣稍弱者，亦復效之，實無謂也。

一〇六

朱德潤德政碑、無禄員諸詩，亦香山秦中吟之遺意。而語益切，至使聞者足以戒。此皆有用之文也。

一〇七

長沙陳志同歌行，如趙子昂畫馬歌、朔方歌、萬里行諸篇，嵚崎磊落，在元人諸名家中，卓然有風骨，不徒以金粉競麗者。昔漁洋先生從人借宋、元人詩集數十種，獨手鈔所安遺藁一卷，良是具眼。又先生居易録云：『陳泰志同歌行，馳騁筆力，有太白之風。在元人諸名家中，當居道園之下、諸公之上。而名不甚著，豈名位卑耶？』今觀其詩，如萬里行之類，實有似太白處。然合一卷通看之，似尚未可遽躋諸道園之次。合看其一二近體，即知之矣。若較楊仲弘輩，則固勝之耳。至顧秀野乃以『清婉』評之，則殊屬違戾。此直似不知詩者之言。

一〇八

杜清碧，即撰宋末遺民詩谷音者。漁洋先生評其自作殊庸膚，無足採者也。清碧嘗自謂得楊仲弘詩法。

一〇九

余忠宣五言，卓有風骨，非同時諸家所可及。此與陳龍泉泰七言，並當拔萃者也。

一一〇

歐公廬山高用江韻尚可，若胡儆軒海棠給四江韻一篇，則幾于有韻無詩矣。

一一一

周伯温天馬行，詠至正二年壬午七月西域拂郎國獻馬，詩語頗得應制之體。（陸河南仁亦有歌，極爲楊鐵崖所稱。然平板無生氣，較伯温作，遜之遠矣。）

一一二

張思廉詠史諸樂府，皆不如代魏徵田舍翁詞一篇。

一一三

張思廉驚才絶艷，然純是雄冠劍佩氣象。殆天所以位置斯人，故不爲春容和鳴耳。

一一四

鐵崖湖龍姑曲全與張思廉作相同，中只換數字。豈改而存之，未暇芟去耶？

一一五

滑滑禽言，亦樂府、竹枝之一類也。然廉夫禽言，亦自不能出奇。蓋禽言達意，元不能出奇。即都官泥滑滑一首，亦只神韻佳耳。

一一六

廉夫自負五言小樂府在七言絶句之上。然七言竹枝諸篇，當與小樂府俱爲絶唱。劉夢得以後，罕有倫比，而竹枝尤妙。至于七言長篇，則張思廉亦有之，仍是從李長吉打出耳。

一一七

楊廉夫詩：『夜半酒酣呼阿吉。』『吉』字注『平聲』。此與日下舊聞所載賣驢券中語同。小朱何以獨譏之？

一一八

漫興七首，序云：『學杜者必先得其情性語言而後可得。其情性語言，必自漫興始。』朱竹垞嘗譏其不知『興』字本爲『與』字之訛。然姑無論此，即以學杜而論，亦豈可先自此等絶句入手？此廉夫自文其弔詭之習，而援儒入墨之論也。

若以此爲學杜入逕，則必專以江上尋花、風雨看落花等詩爲職志。此種在杜公原自有大處。而專目此爲杜公之情性語言所在，則謬矣。（所謂情性，猶言脾氣，非性情之謂也。杜詩原有此二字。）

一一九

竹枝本近鄙俚。杜公雖無竹枝，而夔州歌之類，即開其端。然其吞吐之大，則非但語竹枝者所敢望也。劉夢得風力遠不能躋杜、韓，而惟竹枝最工。可見其另屬一調矣。虞伯生竟以清遒得之，楊廉夫乃以浮艷得之，非可以一概與杜論也。

一二〇

編録竹枝，竟須以劉、虞、楊三家爲主。

一二一

楊之妙處，自不可掩。而其他詩之靡，亦不可掩。〔一〕

【校記】

〔一〕此句後，謄清稿本原有：『應取錢牧齋列朝詩與顧選元詩並看之。』後翁方綱框去以示删除。

一二二

小游仙以廉夫之艷彩爲之，自有奇情，迥非唐人之濫可比。

一二三

鐵崖毘陵行，結處以兩句叠作收場。此從來所未有也。

一二四

玉山主人云：『所謂「嬉春體」，即老杜以「江上誰家桃李枝，春寒細雨出疏籬」爲新體也。』先生謂詩人『多爲宋體所梏，故作此體變之』云。〔一〕廉夫嬉春體七律，一云『賦俏唐體遺錢塘詩人學杜者』，此猶之漫興七首意也。杜公七律中似此者自言『效吴體』、『戲爲俳偕體』，在杜律中，拗平仄者，已是變體，此則杜公之變而又變者。廉夫乃持以此告當世之學杜者，豈非不揣其本，而齊其末者哉？〔二〕此種在杜公已屬俳偕，而在廉夫集内，則尚算拘謹者矣。固無怪其自負爲去杜不遠耳。〔三〕玉山與鐵崖情迹最密，此言必親受之。但不知所謂以此體變『宋體』之『所梏』者，是何機括？元音靡弱，正是太趨長吉一派，而中少骨力耳。南宋之弱，又與元之靡弱不同，烏可以宋體爲詞哉？

【校記】

〔一〕『先生謂詩人多爲』，謄清稿本作『先生自謂代之詩人爲』，且『先生自謂』至『變之云』二十字，翁方綱框去以示刪除，蔣刻本仍有。

〔二〕此句後，謄清稿本另起爲一則。

〔三〕此句後，謄清稿本另起爲一則。

一二五

楊廉夫自命學杜，正如老旦扮外上場道白，時露情態。

一二六

廉夫於元末時事，洞在胸中〔一〕，而沉酣聲伎，此達人之識，不待吟老客婦也。觀其在張士誠席上一絕，足見一班矣。此詩在廉夫集中，却屬去杜不遠，正不必其摹杜之詞也〔二〕。

【校記】

〔一〕『在』，謄清稿本原作『晰』，翁方綱圈去，改作『在』字。

〔二〕按，此句後，謄清稿本原有：『如以廉夫嬉春之樵杜，而謂去杜不遠，則何如空同子明目張膽作堂堂之陣、正正之旗哉？』後翁方綱框去以示删除。

一二七

張光弼白翎雀歌，竹垞取入明詩綜。亦是清直之作，非可與道園詩同論。但舉以證題作本事詩可耳。

一二八

張光弼酒間爲瞿宗吉誦其歌風臺詩，以界尺擊案，淵淵作金石聲。然此詩只起二句豪邁稱題，以下亦不能酣恣也。

一二九

張光弼之詩，竹垞謂其派出『西崑』，未免過于濃縟。然其筆勢，却自平直。

一三〇

詩固不妨淺澹，然雲林則未能免俗。

一三一

元人之綺麗，恨其但以淺直出之耳。此所以氣格不逮前人也。

一三二

周石初霆震序張梅間集曰：『近時談者，糠粃前聞，或冠以虞邵菴之序，而名唐音，有所謂「始音」、「正始」、「遺響」者〔一〕，孟郊、賈島、姚合、李賀悉在所黜。或託范德機之名，選少陵集止取三百十一篇，以求合於夫子删詩之數。承謁踵謬，轉相迷惑，而不自知。』蓋石初持論耿介，不苟隨時者也。

【校記】

〔一〕按：『正始』，謄清稿本、蔣刻本同，據石初集卷六及楊士弘唐音，當作『正音』，蓋顧嗣立元詩選卷六十誤引作『正始』，翁方綱襲之。

一三三

石初多亂離紀事之作，有關史事。

一三四

王梧溪夜何長三疊，蓋寓亂極思治之意，不減甯越扣角歌。

一三五

王梧溪白翎雀引亦主石德閭，而其詞該括有元一代興亡之事，其旨則書無題後詩云：『莫識白翎終曲語，蛟龍雲雨發無時。』可以相證也。

一三六

王原吉才力富健，而抑揚頓挫，不盡如元人概塗金粉。至此而元人之境與宋人之境，歸於一矣。

一三七

華彥清幼武詩，竹垞評其淺易。其義兵行一篇，雖從兵車行脱出，而質直潔浄，尚不同吞襲調子。

一三八

丁鶴年題鳳浦方氏梧竹軒七律，時作者俱爲斂衽。然末句共負奇才，似乎再一含蓄更妙。

一三九

鶴年釁血葬母，忠孝性成。其感夢、遷葬諸什，悲痛沉鬱。異鄉清明一律，直到杜公。

一四〇

顧仲瑛次鐵崖天寶宫詞韻云：『韓虢並騎官廐馬，醉攙丞相踏堤沙。』可謂翻新。

一四一

仲瑛小詩，極擅風致，竹枝固頡頏鐵崖，題畫亦足配雲林。

一四二

崑山亭館三十六處，鐵崖吴詠所謂『三十六橋明月夜，姑蘇城裏有瓊花』也。按仲瑛有二妓，曰小璚花、南枝秀。其花游曲所謂『璚花起作回風杯』，蓋亦指此。

一四三

顧仲瑛玉山璞藁〔一〕，雖皆一時飛觴按拍，豪興吐屬，然自具清奇之氣。其一段遐情逸韻，飄飄欲仙，乃有楊鐵崖所不能到者。

【校記】

〔一〕『璞藁』，謄清稿本原作『璞』，翁方綱校補，先作『稿』，後圈去，改作『藁』。

一四四

張伯雨竹枝詞：『黄土築墻茅蓋屋，門前一樹紫荆花。』漁洋所極推賞也。其西湖竹枝云：『光堯内禪罷言兵，幾番御舟湖上行。東家鄰舍宋大嫂，就船猶得進魚羹。』可備故實。

漁洋極賞貞居絶句，謂有坡、谷遺風。

【校記】

〔一〕『漁洋』，謄清稿本原作『漁洋先生』，翁方綱圈去『先生』二字。

一四五

葉静齋草木子云：『趙仲穆，子昂之子，宋秀王後裔，能作蘭木竹石。道士張伯雨題其墨蘭云：「近日國香零落盡，王孫芳草徧天涯。」仲穆見而愧之，遂不復作。』然『王孫』之怨，以諷子昂可耳；又以諷仲穆，則太紛紛矣。

一四六

張伯雨方外畸人，其遊仙詞特爲奇麗。金相蔡松年跋東坡墨蹟，所云『醉笑調歌，靈音相答，皆九霞空洞中語。後復有神遊八表者，傳誦而來，洗空萬古俗氣』數語，髣髴遇之。

一四七

仇山村讀陳去非集云：『莫道墨梅曾遇主，黄花一絶更堪悲。』其首句云：『簡齋吟册是吾師，句法能參杜拾遺。』山村之言曰：『近世集唐詩者，以不用事爲第一格。少陵無一字無來處，衆人固不識也。若不用事云者，正以文不讀書之過耳。』蓋其志杜如此。其詩則興觀詩集，止七言近體三十八首，因卷首有王修撰希範大書『興觀』二字，遂以名之。後有石嵓民瞻跋，稱其『手書箑箑無倦意。他日貴游子弟捐一石刻之，使吾輩皆得墨本，以刮目散懷，亦一奇事。』此本即漁洋所謂『格調靡靡，遠在趙子昂下』者也。閻氏園池、春日田園雜興、遊石室洞三首，漁洋稱其『差可觀，亦皆淺淺耳。』又漁洋所稱輓陸右丞『甘抱白日没，不知滄海深』二句，實警策語也。

一四八

仇、白宋末齊名，皆有小致耳。論者乃等諸元初之歐、虞，過矣。

一四九

龔子敬璛咏史有『文若縱存猶九錫，孔明雖死亦三分』之句，爲時傳誦。其詠岳王孫縣尉復栖霞墓田七律，甚有風格。

一五〇

楊文憲奐，録汴梁宫人語十九首，即宫詞之遺意，而裁作五言，爲小變矣。文憲又嘗作汴故宫記。

一五一

七言歌行，以極長之句，雜以騷體，中插三言、四言，皆所不難。獨中間插入七言整句一聯，則頗難合拍。雖以歐公廬山高，尚未免以氣勝壓人也。求於此等處拍出正調之七言，而從容中節，毫無强拗，蓋洵所罕見。所以漁洋極不勸人爲此。

一五二

陳剛中孚安南即事五律長篇，可當安南志略。

一五三

鄧善之際元之盛，一時如范德機、高彦敬、趙子昂、鮮于伯機輩，皆相與往來，其詩亦名重一時。而今觀之，殊多膚率。

一五四

善之集中題畫詩極多，想一時所接，皆勝流鑒藏家也。而其詩皆不足觀。

【校記】

〔一〕按，此條後，謄清稿本原有一則，作：『鄧善之哭李息齋大學士詩二首，亦殊直致，後一首三四云：「能悟莊周齊物論，能參居士在家禪。」七律第二聯如此句法，實未之有也。其自注云：「仲賓近刊竹譜二十卷，嘗自京師寄墨竹雙幅，題曰：『楚江烟雨。』然息齋自善墨竹，而竹譜非譜畫也。想以竹事攙入耳。』後翁方綱框去以示删除。

一五五

高房山小詩，有勝於雲林處。

一五六

盧彦威亘讀王維夷門歌，雖意在懷古，而語頗直率。序云：『用其意作歌續其後。』不知所謂用其意者，用其何意也？

一五七

任松鄉士林題翰墨十八輩封爵圖，用事頗巧。

一五八

于紫巖以李長吉金銅仙人辭漢歌未能達意，因作後歌以廣之，此所謂畫蛇添足。

一五九

『山圍花柳春風地，水浸樓臺夜月天』，此紫巖所足西湖句也。雖平正而尚雅。然西湖詩以『樓臺』對『花柳』，不嫌稍熟乎？

一六〇

傅汝礪詩有格調，其用『小謝體』詩，神貌俱似。劍門圖一首，直用杜韻，却無出路。

一六一

虞公極賞傅若金古松圖歌，由是名動京師。然末句仍回到首句之意，未免味薄。雖多一韻，以唱嘆出之。然此句似不必叠韻也。

一六二

渾沌石行，賦武侯八陣磧中小石也。其詩仿少陵古柏行，此固不爲化境。然與李景文一輩不同。至於題劉伯希古木、雙劍圖歌之類，則真得杜意。宜乎漁洋謂其歌行得子美一鱗片甲也。

一六三

送鄧朝陽歸赴分寧州杉市巡檢詩末句云：『我有家君欲寄將。』此上三、下四句法，自韓公以後，人罕爲之。然與礪筆雖清勁，而與韓派法自殊，似未叶合。

一六四

傅與礪歌行之學杜，自後山、簡齋不及也。然尚恨未能出脱變化。此亦邊幅之隘，難以相强者也。

一六五

宋誠夫本大都人，至治元年廷試第一人。其殿試詩云：『扶摇九萬風斯下，禮樂三千日未斜。』此真狀元語也。

一六六

誠夫大都雜詩，亦學樊川，可與薩鴈門雁行。

一六七

歐陽元功謂：『宋顯夫詩，務去陳言，雖大堤之謡，出塞之曲，時或馳騁乎江文通、劉越石之間。而燕人淩雲不羈之氣，慷慨赴節之音，一轉而爲清新秀偉之作。齊、魯老生，不能及也。』此可參證吾北平人詩脈。

一六八

宋顯夫槩，才力在誠夫之下。

一六九

王繼學題蘭亭定武本五古，以周成顧命垂戈爲比，其意竟以定武爲昭陵玉匣之本上石者矣〔一〕。詩不佳。

【校記】

〔一〕「其意」，謄清稿本原作「玩其詩意」，翁方綱圈去「玩」「詩」二字；「竟以定武爲昭陵」，謄清稿本原作「則定武即昭陵」，翁方綱圈去「則」字，改作「竟以」，圈去「即」字，改作「爲」。

一七〇

繼學行路難二首，調諧詞達。

一七一

繼學竹枝本灤陽所作，山川風景，雖與南國異，而竹枝之聲，則無不同。鐵崖西湖竹枝詞序云爾。

一七二

元時如傅與礪之似杜，李溉之之似李，皆有格調而無變化，未免出于有意耳。

一七三

鐵崖謂：『善作琴操，然後能作古樂府。和余操者李季和爲最，其次夏大志也。』今觀李季和和鐵崖箕山操誠爲近古。（金仁山作有『廣』字，自不同。）

一七四

五峯五古，喜言仙家事。

一七五

五峯鐵簝歌：『具區下浸三萬六千頃之白銀浪，洞庭上立七十二朵之青瑶岑。』下一句調不合，須添一字。

一七六

李季和詩非一調，大約本之詩騷，亦有似佛偈者、道籙者，時出叶韻，以爲近古，頗似英雄欺人。

一七七

元人專於風調擅場，而句每相犯〔一〕，如『銀河倒挂青芙蓉』等類之句，殆幾于人人集中有之。其所謂枕藉膏腴者，不出太白，則出長吉，此唱彼和，摇鞭拊鐸，至于千篇一律，曾神氣之不辨，逕路之不分，其亦可厭也已。

【校記】

〔一〕『句每相犯』，謄清稿本原作『句字每每相犯』，翁方綱圈去『字』字，並圈去後一『每』字，旁校改作『有』字，復圈去旁校之『有』字。

一七八

黄子久嘗終日在荒山亂石叢木深篠中坐〔一〕，意態忽忽，每往泖中通海處，看激流轟浪，雖風雨驟至，水怪悲咤，不顧也。作詩亦須如此用功，乃有得耳。

【校記】

〔一〕『篠』，謄清稿本原作『條』，翁方綱補『⺮』旁。

一七九

黄清老送海東之雜言古詩，竟是邪魔外道。

一八〇

劉詵桂隱集，用韻亦多隨手牽就。蓋元人不甚精研韻學也。

一八一

丁仲容復題畫馬一篇，周旋『韓幹畫肉』，從『服轅病瘦』説來，雖是寄託，而無意味。

一八二

侍郎伯顏子中七哀詩七首，臨終之先一夕作。仿少陵七歌調，而沉痛鬱結，令人不忍卒讀。

一八三

元時諸畫家詩，如雲林、大癡、仲珪集中，多屬題畫之作。雲林最有清韻，而尚不能剔去金粉。至王元章則純是十指清氣，霏拂而成，如冷泉漱石，自成湍激，亦復不能中律。

一八四

竹垞先生本自元人打入，其夢游天台歌起句：『吾聞天台山高一萬八千丈，石梁遠挂藤蘿上。』元郭羲仲天台行云：『吾聞天台山一萬八千丈。』固在前矣。太白先有『天台四萬八千丈』之句，但非起句耳。（李壁王荆公詩注，謂太白『四萬』字誤。）又貢南湖送人歸天台云：『天台山高四萬八千丈。』大約自元遺山而降，才氣化爲風調，逮乎楊廉夫、顧仲瑛之屬，一唱百和，殘膏賸馥，一擻一拂，幾于人人集中有之。即後來西泠、雲間諸派風調所沿，其源何嘗不出自唐賢？詎可以相承相似而廢之耶！但撑架視乎筆力，而變化能事，存乎其人，則不能以相强也。

一八五

郭羲仲欸乃歌詞，頗有風調。其序，亦援杜之夔州歌、劉夢得之竹枝。蓋竹枝、欸乃，音節相同也。

一八六

鐵崖曰：『人呼老郭爲「五十六」，以其長於七言八句也。』然其擬杜秋興八首，肌理頗麤。蓋感事述懷，作此八詩，自無不可；而不當以擬杜秋興爲名耳。

看其第一首起句，猶似沿老鐵所論杜詩情性之説，未爲知杜者也。

一八七

元末詩人於七古聲調雜遝中，忽用『不有祝鮀之佞，宋朝之美，難乎免於今世矣。』又云：『甚矣吾衰也久矣』云云，太近隨手漫與；且經語尤不宜妄爾闌入。

一八八

徐舫白鴈詩，亦在袁海叟、時大本之間。末句有寄託，而五六爲佳。

一八九

戴叔能題何監丞畫山水歌一篇，凡九句，似杜，亦太無變化矣。

一九〇

秋興五首，亦郭羲仲秋興八首之類，而才力更不逮矣。其第四首中聯腰字，四句一樣，亦是一病。

一九一

昔竹垞嘗譏楊廉夫誤以『漫與』爲『漫興』，若杜之詠懷古迹五首，則是合五首皆是詠古蹟、懷古蹟〔一〕，而撮四字爲題也〔二〕。戴叔能越遊稾中，乃有『咏懷古迹』之題，則未然〔三〕。

【校記】

〔一〕『則是合五首皆是詠古蹟、懷古蹟』，謄清稿本作『則是合五首之或詠懷、或詠古蹟』，無校改。

〔二〕『四字爲題』，謄清稿本原作『四字題』，翁方綱補入『爲』字。

〔三〕『則未然』，謄清稿本作『豈非誤乎』，無校改。

一九二

舒道原適耕堂詩，評者謂極似昌黎，殆是以目皮相。

一九三

劉仲修與劉子高、宋景濂爲友，其詩如余仲楊山水古木幽篁圖之類，妙逼古人，非元人侈爲富麗者可到也。竹垞編之明初，與青田、青丘諸公相映發，庶其合諸。

一九四

七古仄韻，一韻到底，苦難撐架得住。每於出句煞尾一字，以上去入三聲配轉，與平聲相間用之。到撐不住時，必以仄字硬撐也。

一九五

白雲子房希白讀杜詩，頗涉直致一流，宜其詩似邵堯夫也。

一九六

曹兑齋讀唐詩鼓吹云〔一〕：『不經詩老遺山手，誰解披沙揀得金。』兑齋從遺山遊，而其言如此，則鼓吹之選，信是遺山用意處耶？

【校記】

〔一〕『曹』，謄清稿本原誤作『曾』，翁方綱圈去，改作『曹』。

一九七

元初中州文獻，推詩專家，必以劉静修與盧疎齋摯爲首。虞文靖爲李仲淵源道作詩序〔一〕，亦言『五言之道，近世幾絶，數十年來，人稱涿郡盧公。』故仲淵自序，亦屬意盧公也。然疎齋五古，雖近質雅，而不能深造古人。

【校記】

〔一〕『源道』二字，謄清稿本原作半行夾注。

一九八

李雪菴溥嘗題息齋李衎墨竹云：『息齋畫竹，雖云規模與可，蓋其胸中自有悟處，故能振迅天真，落筆臻妙。簡齋賦墨梅有云：「意足不求顔色似，前身相馬九方臯。」余於此公墨竹亦云。』右一段不獨論畫，可以參作詩之法也。

一九九

南山先生汪珍湖陰曲，是效頴濱作法而襲其面貌也。『一虎六龍』語殊拙。

二〇〇

元人多尚風調，『宫詞』一體，推鴈門爲最。若柯敬仲之作，亦爾時雅正者矣。

二〇一

宫詞多紀元時故事，蓋皆其親承典禮恩澤，不比王仲初閑説内邊事。所以當時推爲得體也。

二〇二

宫詞内如世祖建大内，命移沙漠莎草于丹墀，示子孫毋忘草地，及陳祖宗大札撒以爲訓，諸條皆關史事，可誦可傳。至其後十首内，亦有説宫女事，蓋亦沿『宫詞』之體，偶及之耳。至其和人宫詞，又當別論。

二〇三

柯敬仲幹馬圖一首，寫肥入妙，較東坡更深進一層。故非工畫者，不能得意至此也。

二〇四

柯敬仲詩本不深，而緜邈處，時有醖釀。殆從畫家清境託來〔一〕，非可以書生章句求也。較之王元章，則有極淺處；較之倪元鎮，則有極深處。想爾時入侍奎章，與虞伯生接近筆札，自當別有所得耳。元時書畫家之詩，以此人爲第一。

【校記】

〔一〕『託』，謄清稿本原作『托』，翁方綱圈去，改作『託』。

二〇五

顧俠君所舉陳雷佳句，如『烟郡白屋留孤樹，野水危橋蹋卧槎。』上句乃一半用杜，與下句相對，是何句法？徒形其支吾耳！顧豈未之知耶？

二〇六

潘子素詩，以才調勝。喜爲今樂府，而絶句多佳。如題宋高宗二劉妃圖，尤妙。

二〇七

鄭杲齋東題徽廟馬麟梅一首，題江貫道平遠圖諸絶句，皆佳。元人自柯敬仲、王元章、倪元鎮、黄子久、吴仲珪每用小詩自題其畫，極多佳製。此外諸家題畫絶句之佳者，指不勝屈。蓋元人題畫，長篇雖多，未免限於李長吉之詞句，罕能變轉。而絶句境地差小，則清思妙語，層見叠出，易於發露本領。如就元人題畫小詩，選其尤者，彙鈔一編，以繼唐人之後，發揚風人六義之旨，庶有冀乎？

二〇八

鄭曲全采，杲齋弟也。其子思先合寫爲聯璧集。曲全題復古秋山對月圖七絶一首，二十八字内乃用『⿱天⿰天天』字二、『⿱月朋』字二、『⿱山⿰山山』字二、『𣡕』字二、『森』字二、『⿱竹⿰竹竹』字二、『⿱寒⿰寒寒』字二、『鱻』字二，亦太好奇。

二〇九

周履道與高季迪、徐幼文結社，其詩清迥有逸氣，非一時徒事長吉調者可比。

二一〇

許北郭恕，俊拔激昂處，較之王原吉才力差遜。

二一一

雲丘道人張簡，玉山以『陶、韋』稱之；鐵崖以『韋、柳』稱之。鐵崖最賞其鬻石篇，以爲『飄飄有凌雲之氣』。然雲丘之詩在七客寮、白雲海間，不過才氣稍縮減耳，非遂能爲陶、韋、柳也。

二一二

元季淮南行省參知政事臨川饒介之，分守吴中，自號醉樵。求諸作已，設宴酬款，以詩工拙是坐。

仲簡之歌最協意，居首席，酬黄金十兩；　次高青丘，白金三斤；　次張羽來儀，止一鎰，蓋詩有諷略不滿快也。　張羽靜居集述其事云爾。　然雲丘此歌，不過就醉樵詞頭打合主人耳，是應酬習氣，無甚可取。

二一三

陸河南仁騷體詩，句調不盡叶於音節。

二一四

陸河南夫子去魯圖一篇，可謂用意烹鍊，末句周旋天下，尤其用意鍊筆處也。　然『津則有舟』四句，尚是幫襯。　幫襯固不碍，而人之材力厚薄見焉矣。　如昌黎龜山、猗蘭諸操，是何等魄力！

二一五

玉山諸客，一時多爲鐵厓和花游之曲，然獨玉山一篇爲佳。　蓋諸公和作，與鐵厓原唱，縱極妍麗，皆不免傖俗氣耳。

卷六　漁洋評杜摘記

曩輯漁洋杜詩話一卷，不盡評隲語也。而外間所傳漁洋評本，又多雜以僞作。今就海鹽張氏刻本摘記。

一

贈李白『此詩語意，原不甚楚楚。』

方綱竊按：此評固謬，不待辨説矣。然愚所見評杜本，則此條是王西樵之筆，張刻誤爲漁洋也。漁洋幼學詩於西樵，或有傳録踵訛者，尚不止此。今姑就張刻記出。其西樵評本，直抹杜詩處極多，不能悉舉正矣。學者勿惑焉。

二

陪李北海宴歷下亭『此首頗近選。』

按：此評，亦非漁洋之筆。

三

同李太守登歷下古城員外新亭『以上二首並暫如臨邑詩，與公他詩不類，當是有意仿北海耳。』

按：此亦西樵評。

四

冬日有懷李白『「更尋嘉樹傳」二語，畢竟難通。』

按：此亦西樵評也。愚所見漁洋評本，則獨圈此聯，信知僞本之不足信矣。以此二句爲難通，是乃真未通人之語。豈有漁洋作此評者乎？（自此以下皆依愚所舊鈔次序，不依張刻。）

五

送孔巢父歸江東『結句有深意。』

按：此西樵評。

六

飲中八仙歌　『無首無尾，章法突兀。然非杜之至者。』

按：此亦西樵評也。又有『無意味，于鱗誤選』云云。又抹『左相』句，皆謬之甚者。而張氏刻本録之，貽誤匪細。

七

高都護驄馬行　『此子美少壯時作，無一句不精悍。』

按：此條是漁洋評。

八

同諸公登慈恩寺塔　『西樵云：此作不爲完美之篇，五句「方知」二字與「曠士」二句不相叶，末八句四截不相續，中間一段，則誠奇語耳。』　『「秦山」五字，是憑高奇句。』

按：此評愚所見本是西樵筆也。上無『西樵云』三字，今以張刻屬漁洋評，而有『西樵云』三字。

即此一條推之，則外間所傳西樵評本，託名漁洋，不爲無因耳。蓋漁洋早年學詩於其兄，有手録西樵語。後遂誤傳爲漁洋評耶？第張刻此卷自識，謂未覩其全，則又非外間所傳以西樵評溷入之本矣。足見藝林多傳新城王氏評本，真贋雜淆久矣。愚此卷附記之，裨益良非淺也。愚所見漁洋評本，此篇評云：『與高適、薛據三篇，氣魄真勁敵。』此評勝此遠矣。其僞妄何待辨？

此詩但以高、薛相擬，尚未爲極至也。已勝西樵之評遠矣。西樵語，本不必與辨，然海鹽張氏既刻入帶經堂詩話卷中，誠恐有誤信者，豈可嘿而息乎！其謂此篇非完美之作，而但賞中段之奇，若果通篇非完美，而結處八句，又四截不相屬，則豈可專賞其中間奇句？此非以目皮相者乎！第五句『方知』二字提起，正與『仰穿』『始出』一氣銜接，其上句『自非』二字，先用反説，亦正與此第五句以下相應也。乃謂之不相叶，可乎？末八句，筆筆正鋒，何以謂之不相續？豈欲於八句内用虚活字連系，方謂之相續乎？此是三家村習八股者語耳。

九

醉時歌　『「相如」二句可删。』『結似律，不甚健。』

按：此却是漁洋評，而實謬誤。『相如』『子雲』一聯，在『高歌』一聯下，以伸其氣，乃覺『高歌』二句，倍有力也。此猶之謝玄暉新亭渚别范雲詩『廣平』『茂陵』一聯，必借用古事，以見兩人心事之實迹也。漁洋乃於玄暉詩亦欲删去『廣平』一聯，以爲超逸。正與評杜詩此二句之應删，其謬同也。愚嘗謂空同、滄溟以『格調』論詩，而漁洋變其説，曰『神韻』，『神韻』者，『格調』之别名耳。漁洋意中，蓋純以脱化超逸爲主，而不知古作者各有實際，豈容一概相量乎？至此篇末『生前相遇且銜盃』一句，必如此乃健。而何以反云似律不健耶？且此句並不似律，試合上一句讀之，若上句第二字仄起，而此收句『生前』『前』字平聲，則似乎與律相近也。今上句『不須』『須』字亦是平聲，而此收句第二字又用平聲，則正與律不相似矣。何以云似律乎？况即使上句第二字用仄起，此收句第二字用平，亦必古詩内有音節逼到不得不然，而後以似律之句結之，亦必不可云結似律也。况又上下句第二字皆平耶？先生獨不讀杜公人日寄高常侍之七言古詩乎：『鼓瑟至今悲帝子，曳裾何處覓王門。文章曹植波瀾濶，服食劉安德業尊。長笛誰能亂愁思，昭州詞翰與招魂。』此結段一連六句，平仄粘連，竟與律詩無别，而更覺其古也。漁洋先生乃必篇篇結句皆以下三字純用平聲爲正調乎？

此篇結六句，『先生早賦歸去來』一句，既以第六字用仄矣，『儒術於我何有哉』句，又於第六字用仄，所以此下相間以二句之下三字皆平也。此二句下三字皆平，所以不能即結住者，一連二句之平仄平，與一連二句之平平平，正相齊押住，則其勢必不可即作結句矣。而此下結句，若又用三平之調，則又是直縱不收之音節矣。所以必用二四六相諧之調，作一句結，乃可以結住也。此乃音節正變相乘一定之理。而漁洋轉以爲似律，此誠何説哉？

一〇

麗人行『意在言外，三百篇之致也。』

按：此評不謬。然是西樵評。

一一

渼陂行『末本漢武秋風辭，妙在絶不相似，古人之善學如此。』

按：此是漁洋評。

一二

渼陂西南臺『錯磨終南翠』二句『刻畫。』

按：此是漁洋評。

一三

示從孫濟　『所來爲宗族』二句　『笑柄。』

按：　此是漁洋評。其意以超逸語爲古雅，故見此等句若近質率者，輒笑之。其實論詩不應如此。

一四

沙苑行　『結末喻。』

按：　此亦漁洋評。不知其意欲如何收束？　此結句正不當深求也。

一五

戲簡鄭廣文兼呈蘇司業　『偶爾妙謔，便成故實。』

按：　此漁洋評。

一六

天育驃騎歌『畫出神駿。』結處云：『無限感慨，一句盡之。』

按：此西樵評。

一七

蘇端薛復筵簡薛華醉歌『賞其生造。』結處云：『忽然生色。』

按：此西樵評。亦皆不知詩者之語。

一八

哀王孫『此等自是老杜獨絶，他人一字不能道矣。』

按：此西樵評。

一九

哀江頭『亂離事，只叙得兩句。「清渭」以下，以唱歎出之，筆力高不可攀。樂天長恨歌，便覺相去萬里。』『即兩句，亦是唱歎，不是實叙。』

按：此西樵評。所説皆合，但不必以長恨歌相較量耳。

二〇

大雲寺贊公房四首其一『開懷無愧辭』『語似陶。』其三『玉繩迥斷絶』『言殿宇之高，玉繩亦爲虧蔽而斷絶也。』

按：此皆西樵評。然予見漁洋評本，其一『撞鐘齋及兹』，評云『拙句。』此則亦猶西樵評。其二『文義難通』云云。其三『夜深殿突兀』二句，評云『三四果是名句。』然則漁洋之讀杜，如此等亦皆未造其至者。

二一

喜晴　『「久旱雨亦好，既雨晴亦佳。」皆是人胸臆語，公先探而出之耳。』

按：此西樵評。

二二

送樊二十三侍御赴漢中判官　『柱史晨征憩』　『趁韻。』

『後漢更列帝』　『唐雖遭亂，然非滅而更興，不得以後漢爲比。』

按：此二條漁洋、西樵評本皆無。

二三

送韋十六評事充同谷郡防禦判官　『結弱。』

按：此西樵評。

二四

晦日尋崔戢李封　『上古葛天民』四句　『得此一段生色。』

按：此西樵評。

二五

徒步歸行　『平正通達，尚嫌淺易。』

按：此西樵評。真八股先生語。

二六

玉華宮　『後亦弩末，竟删四句更警。』

按：西樵評。其謬至此！

二七

前出塞『九首是一首。』

按：西樵評。此亦時文先生語。

二八

奉贈鮮于京兆二十韻『計疎疑翰墨』一聯『西樵嗟賞此二語，每三復之。』

按：此在予所見本，是西樵評。而張刻有『西樵云云』。是則漁洋評本，實有述西樵語者，無怪二本之偶有同異也。蓋漁洋每喜舉兄説耳。苟非大乖謬者，並存何害。

二九

鄭駙馬宅宴洞中『此詩過苦，無甚趣味。』『「秦樓」句，謔語也。』

按：此西樵謬評。

三〇

李監宅　『意頗諷之。』『三四句俗。』

按：此亦西樵評。

三一

假山　『無味。』

按：漁洋評云：『可删。』

三二

暫如臨邑至峼山湖亭懷李員外　『語亦不佳。』

按：此西樵評。

三三

巳上人茅齋　「『岱宗夫如何』『夫』字，及此詩『可以』字，皆是少陵句法。」

按：此是西樵謬評。然亦即録漁洋評者誤入之。正恐新城詩學，於『岱宗』句，竟未之解耳。『岱宗夫如何』五字，是杜公出神之筆，『如何』二字虚，『夫』字實，從來皆誤解也。此一『夫』字，實指岱宗言之。即下七句，全在此一『夫』字内。蓋少陵縱目遍齊、魯二大邦，而其『青未了』，所以不得不仰歎之。此『夫』字，猶言『不圖爲樂之至於斯』，『斯』字神理，乃將『造化神秀』、『盪胸層雲』諸句，皆攝入此一『夫』字内，神光直叩真宰矣。豈得以虚活字妄擬之乎？

三四

房兵曹胡馬　「『落筆有一瞬千里之勢。』『批』、『峻』字，今人以爲怪矣。」

按：此亦西樵語。夫誰以爲怪哉？蓋先生自以爲怪乎？

三五

畫鷹 『西樵云：命意精警，句句不脱畫字。』

按：此西樵語。而張刻有『西樵云』三字，則是漁洋述之也。（爾日未嘗聞新城王氏專以制舉義得名也，何以八股氣味深入至此。）

三六

臨邑舍弟書至苦雨 『「利涉」句太遠無涉。』

按：此亦西樵語。

三七

過宋員外舊莊 『五六句感慨跌宕，無所不包。』

按：此亦西樵語。

三八

夜宴左氏莊　『起甚有風趣。』『結遠。』

按：此西樵語。

三九

送裴二虬尉永嘉　『平。』

按：此評未見。

四〇

遊何將軍山林十首　『「紅綻雨肥梅」，俗句。』

按：此則是漁洋評也。漁洋以超逸立格，故應戒人看白香山詩也。

四一

得家書　『此等事，作一排律，自不能盡意。』

按：此西樵謬説。

四二

行次昭陵　『「玉衣」一聯，言神靈如在也。』

按：此西樵評。

四三

端午日賜衣　『何大復極贊此，吾所不知。』

按：此評未見。

四四

送李校書　『「老鴈」句，比也。』

此亦西樵。

四五

洗兵行　『此杜集七古中，極整麗可法者。』

亦西樵。

四六

病後過王倚飲贈歌　『又一體。』

亦西樵。

四七

貽阮隱居　『結説盡。』

亦西樵。

四八

遣興五首　『達。』

亦西樵。

四九

鳳凰臺　『似孟郊。』

亦西樵。

五〇

劍門『高視見霸王』句，抹『王』字　『王，平聲。』

按：此亦西樵謬語。試問『以力假仁者霸，以德行仁者「王」』字亦是平聲乎？

五一

戲爲雙松圖歌『起處便老放。』『葉裏松子』句　『看此老筆底畫意。』

亦皆西樵。

五二

光禄坂行『暝色』句　『不如「暝色帶遠客」。』

亦西樵。

五三

陳拾遺故宅　『「聖賢」「日月」，太過。』

此亦西樵誤也。『所貴者聖賢』，『聖賢』二字，正用陳拾遺詩也。陳伯玉懷古詩：『賢聖幾凋枯。』此類慨慕古聖賢語，拾遺每多有之。若以聖賢指陳拾遺，則誤也。至於『日月』二字，承上句『揚馬』言之，亦豈可泥耶？

五四

謁文公上方　『「庭前猛虎」，謂石也。』

亦西樵。

五五

山寺　『老杜頻用「樹羽」字，皆未妥。』

亦西樵。

五六

桃竹杖引　『酷似太白。』

亦西樵誤也。蓋以間用長句，遂妄謂似太白，不特不識杜，亦不識李矣。

五七

冬狩行　『有鳥名鸜鵒』三句　『比也。』

亦西樵謬語。不知何比？

五八

太子張舍人遺織成褥段　『起處全是樂府意。』

亦西樵。

五九

八哀詩『八哀詩本非集中高作，世多稱之不敢議者，皆揣骨聽聲者耳。其中累句，須痛刊之方善。石林葉氏之言，其識勝崔德符多矣。余居易録中詳之。』

按：此則漁洋評也。今以漁洋諸條，詳列於此。

漁洋詩話云：『杜八哀詩，最冗雜不成章，亦多嗅囈語。而古今稱之，不可解也。』

居易録一條云：『杜八哀詩，鈍滯冗長，絶少剪裁。而前輩多推之，崔鶠至謂「可表裏雅頌。」過矣！試摘其累句，如汝陽王云：「愛其謹潔極」；「上又回翠麟」；「天笑不爲新」；「手自與金銀」；「匪唯帝老大，皆是王忠勤」。李邕云：「眄睞皆已虚，跋涉曾不泥」；「衆歸賙給美，擺落多藏穢」；「是非張相國，相扼一危脆」。蘇源明云：「秘書茂松意」；「溟漲本末淺」。（文苑英華本異，亦不可曉）鄭虔云：「地崇士大夫，況乃氣清爽」；「方朔諧太枉」；「寡鶴誤一響」。張九齡云：「骨驚畏曩哲，鬒變負人境」；「諷詠在務屏」；「用才文章境」；「散帙起翠螭」；「未缺隻字警」。云云。率不可曉。披沙揀金，在慧眼自能辨之。未可爲羣瞽語白黑也。』

又一條云：『予嘗議子美八哀詩。後村詩話先已言之，曰：「如鄭虔之類，每篇多蕪詞累句，或爲韻拘，殊欠條鬯。不如飲中八仙之警策。蓋八仙歌每人止三兩句；八哀詩或累押二三十韻。以此知繁不如簡。大手筆亦然。」又云：「八哀詩崔德符以爲表裏雅頌，中古作者莫及。韓子蒼謂其筆力變化，與太史公諸贊方駕。惟葉石林謂長篇最難，魏、晋已前，不過十韻，常使人以意逆志，初不以叙事傾倒爲工。此八篇，本非集中高作，而世多尊稱，不敢議其病。蓋傷於多，如李北海、蘇源明篇中多累句，刮去其半方善。石林之論累句之病，爲長篇者，不可不知。」右皆確論，與予意脗合。』

并録予舊抄漁洋評本於後：

『八哀詩自是鉅篇，顧多鈍拙不可曉。何也？』

贈司空王公思禮　『物不隔』三字抹　『九曲』四句密圈　『自有適』三字抹　『爽氣』句密圈

故司徒李公光弼　『零落』句密圈

贈左僕射鄭國公嚴公武　『不知萬乘出』四句密圈　『終相并』三字抹　『多冗長之句。』

贈太子太師汝陽郡王璡　『虬髯』二句密圈　『愛其謹潔極』句抹　『上又回』句抹　『不爲新』三字抹　『聖聰』句抹　『匪惟帝』二句抹

贈秘書監江夏李公邕　起二句密圈　『森然』句密圈　『多藏穢』三字抹　『竟掩』句却未抹——張刻此句全抹，評云：『不倫。』以予所見，此是西樵評。此所云『不倫』者，又與漁洋所摘累句之説不同。　『危脆』二字抹

故秘書少監武功蘇公源明　『秘書茂松色』句抹

故著作郎貶台州司户滎陽鄭公虔　『氣精爽』三字抹　『太枉』二字抹　『寡鶴』句抹　『百年』二句密圈

故右僕射相國曲江張公九齡　『詩罷地有餘』二句密圈　『用才』句抹　『翠螭』二字抹　『未闕』句抹

按：漁洋以此八詩爲鉅篇，原自與前人贊賞略同，其所摘累句，則漁洋於詩，以妙悟超逸爲至，與杜之陰陽雷帥、利鈍並用者，本不可同語也。愚於八哀詩附記卷中，偶亦及此，今舉其一條云：『汝陽王璡篇中，專叙射雁一事，史遷法也。「上又迴翠麟」，乃插入之筆，若無此句，則「扣馬」、「諫獵」諸句，皆無根矣。此種健筆，豈得以漁洋之評議之？其餘漁洋所摘累句，又或以爲嘵嘵難曉。若然，則三百篇變雅中亦頗多似後人不可曉之句矣。善論詩者，豈可如此！且如「金銀」二字，以今日俗眼視之，似是俗字乎？然而「不貪夜識金銀氣」，又何嘗非「金銀」二字連用？亦將以爲累句乎？如以漁洋所抹累句，若「紅綻雨肥梅」，與上句「緑垂風折笋」等耳。「緑」不聞其俗，而「紅」獨俗乎？「笋」不聞其俗，而「梅」獨俗乎？「垂」不聞其俗，而「綻」獨俗乎？「折」不聞其俗，而「肥」獨俗乎？蓋漁洋爲詩，多擇樂府中清雋之字；不則年號、地名亦選其清雋悦目之字。如是則詩人止當用清揚、婉孌之字，而不當用籧篨、戚施之字矣。説詩正不當如此也。』約而言之，葉石林所謂『以意逆志』，上溯魏、晉者，此原是漁洋論五言詩之大旨。其所鈔三昧、十選，皆此職志也。然漁洋於六朝則鈔及庾子山廿韻之作，而於唐則轉不取十韻外者，何也？故其於初唐亦止取短章以爲近古，而長篇則以爲近靡，又何論元、白諸篇矣。若杜公五言古詩，長篇如北征諸作，正復何減雅頌！而可以長短較量乎？所以就學杜言之，人皆知其高古雄渾，而其用鈍筆處，不如其用利筆之適於諷誦也。即如『苗滿空山』一聯，更無人理會矣。觀古人墨蹟，遇秃毫處，則嗤爲敗筆者，人皆如是耳！　然而杜詩初不以鈍筆見長，即漁洋之每摘杜公累句，固於學杜之理，非其至論。而亦於評杜之妙，初不相妨也。杜詩固不因漁洋之摘累句而稍有損，即漁洋之論詩，亦豈以其摘杜累句而有損乎？　况愚所見漁洋評杜之真本，其所圈識，尤關精微之詣。愚方欲摘取漁洋圈識之句，以醒學者之目。又恐其近似時文八股之習。是以聊因張氏此刻内八哀詩評，而略具其概於此。愚豈敢以漁洋心眼，印定讀杜之指歸哉？

又張刻此内『事絶萬手搴』句、『正始』句、『不要懸黄金』二句，皆全抹。評云：『多不可解。』此則漁洋本所未抹。蓋西樵亦多摘其累句，又不盡出漁洋也。又『百年見存没』二句，評云『十字悲甚』，亦非漁洋語。此皆無足詳辨者。

六〇

奉酬薛十二丈判官見贈『卓氏近新寡』以下，『西樵云：　忽入此一段，不倫不理，無端之甚。』『空中右白虎』二句抹　『如囈語。』　『襄王薄行跡』以下　『此段又不倫。』

按：　此有『西樵云』三字，則亦漁洋述其兄語也。讀杜詩何苦於此等處尋鬧。

六一

醉歌行贈公安顏少府　『君不見』句　『朴。』

亦西樵。

六二

上水遣懷　『窮迫』二句　『真。』　『回斡』以下，『「回斡」五字已足，不必下四句。鄭繼之謂「此等爲杜公滯處」，良是。』

按：此亦西樵評也。『回斡明受授』一句，必得伸長以下四句，其氣乃足。何爲轉欲省下四句乎？

六三

早行　『「前王」二句，亦是警語。』　『碧藻非不茂』，『此句語勢不亮，下句覺接不倫。』

此亦西樵語。直不知詩理者！此詩圓至深厚，乃是以中鋒之筆出之。爲此評者，自不解耳。

六四

歲晏行『歲云暮矣多北風』四句『喜其氣老，只在參錯中。』亦西樵。

六五

題鄭縣亭子『巢邊』句『比也。』亦西樵。

六六

望岳『無一句與前人登華同。』亦西樵。

六七

得舍弟消息二首　其一　『此等皆杜之可存者，不得以其平而忽之。』『「憐存」語更悽。』

亦西樵也。誰言『平而忽之』哉？時文習氣，至於如此！

六八

憶弟　『兵在見何由』『朴。』

亦西樵。

六九

秦州雜詩二十首　其十七　『簷雨亂淋幔』下三字『不成句。』

亦西樵謬語。

七〇

蒹葭『句句太切。』

亦西樵。可笑！

七一

有客『作聲價，却有致。』

亦西樵。

七二

野老『片雲』句『比也。』

亦西樵。

七三

少年行　『直書所見，不求語工，但覺格老。』

亦西樵。

七四

贈王二十四侍御契四十韻　『此詩自叙處大多，覺氣格亦散緩。』

亦西樵謬説。

七五

船下夔州郭宿雨濕不得上岸别王十二判官　『末句「汝」俱指鷗，非也。余謂指王判官。』

亦西樵。此末句『汝』字，豈有指鷗之理？何須辨説！

七六

謁先主廟　『包舉得大。』

亦西樵。

七七

偶題　『此篇前半氣勢甚雄，惜後半多滯語。』

此評予所未見，不知是西樵，抑是漁洋？要是不知詩者語耳。不特所云『後半多滯』是謬語也；即所云起處『甚雄』，亦是謬贊。偶題一篇，讀者或目爲前後二截，固謬矣；即以起二句，似是統挈全篇，而實非文家空冒之起句也。愚嘗與即墨張肖蘇論之，又與欽州馮魚山論之，詳具於杜詩附記卷内。

七八

秋日夔府詠懷寄鄭監李賓客一百韻　『未免鋪叙，難此整贍。』『「霧雨」句自己。』『「馨香」句鄭李。』

此評亦未見，不知是西樵，是漁洋？其以『霧雨』句爲杜自謂，亦未然。

七九

洞房『洞房〔一〕、宿昔諸篇，俯仰盛衰，自是子美絶作。』

此漁洋評。

【校記】

〔一〕『洞房』原誤作『洞庭』，據杜甫集及王士禎帶經堂詩話評杜改。

八〇

酬韋韶州見寄『起老。』

亦西樵。

八一

千秋節有感　『此等則李滄溟之濫觴也。』

亦西樵。

八二

舟中夜雪有懷盧十四侍御弟　『舟重』句　『遂爲詠雪粉本。』

亦西樵。

八三

對雪　『「囊罄」不宜有「銀壺」。』

此評却是西樵。然漁洋亦抹『銀壺』二字。

方綱自束髮誦詩，所見杜詩古今注本，已三十餘種。手録前人諸家之評，及自附評語，丹黄塗乙，亦三十三遍矣。大約注家於事實或有資以備考，於詩理則概未之有聞。評家本不易言，在杜公地分，既非後來學者所能仰窺，其謬誤擅筆者，固不必言矣。即或出於詩家，偶有所見，而就其稍近者，亦有二端：一則或出於初誦讀時，偶有未定之論；一則或爲學徒指點，有所爲而借發。此皆不足以言評杜也。即以近日王漁洋標舉『神韻』，於古作家，實有會心。然詩至於杜，則微之系説，尚不滿於遺山，後人更何從而措語乎？况漁洋於三唐雖通徹妙悟，而其精詣，實專在右丞、龍標間，若於杜則尚未敢以瓣香妄擬也。惟是詩理，古今無二，既知詩，豈有不知杜者？是以漁洋評杜之本，於詩理確亦得所津逮，非他家輕易下筆者比矣。愚幼而遊吾里黄崑圃之門，得遍識漁洋手定之説，既而於朋輩借閲，所稱漁洋評本者，大約非西樵之評本，則漁洋早年述西樵之評本。其後於同里趙香祖齋得漁洋評本，嘗以漁洋平日論杜語，逐條細較，實是其親筆無疑。昔在山東學使廨，刻拙作小石帆亭著録六卷，已載此本於王氏遺書目矣。海鹽張氏刻有帶經堂詩話一編，於漁洋論次古今詩，具得其概。學者頗皆問詩學於此書。而其末附有評杜一卷，細審之，則真贋混淆，有不得不辨析者。故因張刻此卷爲略記如右。若夫讀杜之法，愚自有附記二十卷，非可以評語盡之也。

卷七

元遺山論詩三十首

（丁丑歲三鄉作。）〔一〕

金宣宗興定元年丁丑，先生年二十八歲。自貞祐三年乙亥蒙古兵入金燕都〔二〕，四年丙子先生自秀容避亂河南，至是歲寓居三鄉，在其登進士第之前四年。

【校記】

〔一〕卷七、卷八，用北京大學圖書館藏手稿本校。卷題，手稿本作『元遺山論詩絶句附説』。

〔二〕『三年乙亥』，手稿本誤作『元年乙亥』。

一

漢謡魏什久紛紜，正體無人與細論。誰是詩中疏鑿手，暫教涇渭各清渾？

『正體』云者，其發源長矣。由漢、魏以上推其源，實從三百篇得之。蓋自杜陵云『别裁僞體』『法自儒家』，此後更無有能疏鑿河源者耳〔一〕。

【校記】

〔一〕『河』，手稿本作『其』。

二

曹劉坐嘯虎生風，四海無人角兩雄。可惜并州劉越石，不教横槊建安中。

論詩從建安才子説起，此真詩中疏鑿手矣〔一〕。李太白亦云：『蓬萊文章建安骨。』韓文公亦云：『建安能者七。』此於曹、劉後，特舉一劉越石，亦詩家一大關捩。

【校記】

〔一〕『中』，手稿本作『家』。

三

鄴下風流在晉多，壯懷猶見缺壺歌。風雲若恨張華少，温李新聲奈爾何！（鍾嶸評張華詩，恨其兒女情多，風雲氣少。）〔一〕

此首特舉晉人風格，高出齊、梁也。非專以斥薄温、李也。後章『精純全失義山真』，豈此之謂乎？義山在晚唐時，與飛卿、柯古並稱『三十六體』，原自以綺麗名家。是又不能盡以義山得杜之精微，而概例之也〔二〕。即放翁論詩，亦有『温李真自鄶』之句。蓋論晚唐格調〔三〕，自不得不如此。遺山之論，前後非有異義耳。

【校記】

〔一〕元好問注，手稿本未録。

〔二〕『例』字，手稿本作『論』。

〔三〕『論』字，手稿本無。

四

一語天然萬古新，豪華落盡見真淳。南窗白日羲皇上，未害淵明是晉人。（柳子厚，唐之謝靈運。陶淵明，晉之白樂天。）〔一〕

此章論陶詩也，而注先以柳繼謝者，後章『謝客風容』一詩，具其義矣。蓋陶、謝體格，並高出六朝，而以天然閑適者歸之陶，以藴釀神秀者歸之謝。此所以爲『初日芙蓉』，他家莫及也。東坡謂柳在韋上，意亦如此。未可以後來王漁洋謂韋在柳上，輒能翻此案也。遺山於論杜，不服元微之；而於繼謝者，獨推柳州。四十年前，愚在粤東藥洲亭上，與諸門人論詩，嘗有韋柳詩話一卷，意亦竊取於此。

【校記】

〔一〕元好問注，手稿本未録。

五

慷慨歌謡絶不傳，穹廬一曲本天然。中州萬古英雄氣，也到陰山敕勒川。

遺山録金源一代之詩，題曰中州集。『中州』云者，蓋斥南宋爲偏安矣。（虞道園嘗欲撰南州集而未果成。然而推此義也，適以在遺山籠罩中耳。）『中州』二字，却於『慷慨歌謡』一首拈出，所謂文之心也。

六

沈宋横馳翰墨場，風流初不廢齊梁。論功若凖平吴例，合著黄金鑄子昂。

此於論唐接六代之風會，最有關係。可與東坡『五代文章付劫灰』一首並讀之。於初唐獨推陳射洪，識力直接杜、韓矣。然而遺山詩集，初不斤斤效阮、陳作詠懷、感寓之篇也。豈其若李、何輩冒稱復古者，得以藉口邪？

七

鬭靡誇多費覽觀，陸文猶恨冗於潘。心聲只要傳心了，布穀瀾翻可是難。（陸蕪而潘静，語見世説。）

此首義與下一首論杜合觀之。

八

排比鋪張特一途，藩籬如此亦區區。少陵自有連城璧，争奈微之識碔砆。（事見元稹子美墓志。）

此首與上章一義，『排比鋪張』，即所云『布穀瀾翻』也〔一〕。然正須合前後章推柳繼謝之義同善會之，然後知遺山之論杜，並非吐棄一切之謂耳。王漁洋嘗謂杜公與孟浩然不同調，而能知孟詩，此方是上下原流、表裏一貫之旨也。其實元微之所云『鋪陳終始』、『排比聲律』，與所謂『渾涵汪茫』、『千彙萬狀』者，事同一揆。而漁洋顧欲删去『相如』『子雲』一聯，與其論謝詩欲删『廣平』『茂陵』一聯者正同。然則遺山雖若與元微之異説，而其識力，則超出漁洋遠矣。

【校記】

〔一〕『翻』字，手稿本無。

九

望帝春心託杜鵑，佳人錦瑟怨華年。詩家總愛『西崑』好，獨恨無人作鄭箋。

拈此二句，非第趁其韻也。正以先提唱『杜鵑』句於上，却押『華年』於下，乃是此篇迴復幽咽之旨也。遺山當日必有神會，惜未見其所述耳。漁洋以釋道安當之，豈其然乎？遺山於初唐舉射洪，於晚唐舉玉溪，識力高絶。知世傳唐詩鼓吹非出遺山也。然而遺山云『精純全失義山真』，拈出『精』『真』分際。有此一語，豈不可抵得一部鄭氏箋耶！餘更於下卷詳之。

宋初楊大年、錢惟演諸人館閣之作，曰西崑酬唱集，其詩效『温李體』，故曰『西崑』。西崑者，宋初翰苑也。是宋初館閣效『温李體』，乃有『西崑』之目。而晚唐温、李時，初無『西崑』之目也。遺山沿習此稱之誤，不知始於何時耳？然遺山論詩，既知義山之精真，而又薄温李爲新聲者，蓋義山之精微，自能上追杜法，而其以綺麗爲體者〔一〕，則斥爲新聲，但以其聲言之。此亦所謂言各有當爾。

【校記】

〔一〕『以』字，手稿本無。

一〇

筆底銀河落九天，何曾顛頇飯山前？世間東抹西塗手，枉著書生待魯連。

此妙於借拈李詩以論杜詩，可作李、杜二家管鑰。與義山『李杜操持』一首，正相發也。與前章斥元微之意同。其不以鬼怪目玉川，意亦如此。

一一

切響浮聲發巧深，研磨雖苦果何心？浪翁水樂無宮徵，自是雲山韶濩音。（水樂，次山事。又其欸乃曲云：『停橈静聽曲中意，好是雲山韶濩音。』）

此皆絃外之旨，亦須善會之。猶夫『排比鋪陳』一章，非必吐棄一切之謂也。

一二

東野窮愁死不休，高天厚地一詩囚。江山萬古潮陽筆，合在元龍百尺樓。

韓門諸家，不斥賈而斥孟，亦與東坡意同。不論及李長吉者，遺山心眼抑自有屬矣。昔杜樊川爲李長吉詩序曰：『若使加以理，奴僕命騷可也。』未知遺山意中，分際如何？

一三

謝客風容映古今，發源誰似柳州深？朱絃一拂遺音在，却是當年寂寞心。

柳詩繼謝之注，至此發之。以白繼陶，以柳繼謝，與漁洋以韋繼陶不同。蓋漁洋不喜白詩耳。

一四

奇外無奇更出奇，一波纔動萬波隨。只知詩到蘇黄盡，滄海横流却是誰？

遺山寄慨身世，屢致『滄海横流』之感，而於論蘇、黄發之。竇泉述書賦論褚河南，正是此意。不知者以爲不滿褚書也。

讀至此首之論蘇詩，乃知遺山之力争上游，非語言筆墨所能盡傳者矣。

一五

金入洪鑪不厭頻，精真那計受纖塵！蘇門果有忠臣在，肯放坡詩百態新。

此章收足論蘇詩之旨，即蘇詩『始知真放本精微』也。『百態新』者，即前章『更出奇』也。『蘇門忠臣』云者，非遺山以繼蘇自命也；又非指秦、晁諸君子也〔一〕。

【校記】

〔一〕『子』字，手稿本無。

一六

百年纔覺古風迴，元祐諸人次第來。諱學金陵猶有説，竟將何罪廢歐梅？

此『迴』字即坡公詩『昇平格力未全迴』之『迴』字，是遺山力争上游處也。亦何嘗有人『諱學金陵』？亦何嘗有人欲『廢歐梅』？觀此可以得文章風會氣脉矣。

一七

古雅難將子美親，精純全失義山真。論詩寧下涪翁拜，未作江西社裏人。

唐之李義山，宋之黄涪翁，皆杜法也。先生撮在此一首中，真得其精微矣。放翁、道園，皆未嘗有此等議論。即使不讀遺山詩集，已自可以獨有千古矣。

一八

池塘春草謝家春，萬古千秋五字新。傳語閉門陳正字：可憐無補費精神。

前首並非不滿西江社也，此首亦並非斥陳後山也，此皆力争上游之語，讀者勿誤會。

王介甫唐百家詩所録多非大篇，故後人多疑之者。遺山詩：『陶謝風流到百家，半山老眼净無花。北人不拾江西唾，未要曾郎借齒牙。』蓋遺山之意，謂半山多取近古之作〔一〕，不必多取其大篇歟？後二句，蓋指後人有議論半山此選者。今未詳其事，不能確定『曾郎』爲誰也。昔在館下，紀曉嵐與陸耳山同几，校遺山集，予未得撿視其籤處也。後一日進書，在直廬閒話，曉嵐語予曰：『遺山詩首句，一本作「王謝風流」，或謂「王」字是「三」之訛，然乎？』予曰：『自是「陶謝」，不聞作「王謝」也。』及到館下，未暇覆撿曉嵐所校。是某家藏本顧有此異耶？曉嵐又謂『曾郎』當是茶山，予亦以無實徵，未敢定耳。遺山集訖無精校之本，明弘治戊午，沁州李翰刻儲巏家藏本，前有李冶、徐世隆二序，後有王鶚、杜仁傑二跋，末有附録一卷。今所行無錫華氏刻本，即此本重刻，無後二跋，其中訛字極多，須訪得弘治沁州原刻本校正之。此前更不聞古刻本耳。若能校勘重刻，以拙撰先生年譜附後；又淩仲子亦嘗撰先生年譜，其手稿亦在予篋，可併採録也。

【校記】

〔一〕『多取近古』，手稿本『取近』二字有乙文號，當作『多近取古』。

凡三十首。附説者十八首。〔一〕

【校記】

〔一〕此段手稿本無。

王文簡戲仿元遺山論詩絶句三十五首

（漁洋詩話：『余往在如皋，馬上成論詩絶句，從子浄名作注。』）〔一〕

此詩作於康熙元年壬寅之秋，先生年二十九歲。與遺山之作，皆在少壯。然二先生一生識力，皆具於此，未可僅以少作目之。

今所行精華録僅存三十二首。其謂從子某作注者，或即先生自注，猶夫精華録，或云託名門人手也。

【校記】

〔一〕卷題，手稿本作『王文簡戲仿元遺山論詩絶句附説』。

一

巾角彈棊妙五官，搔頭傅粉對邯鄲。風流濁世佳公子，復有才名壓建安。

論詩從建安説起，此二先生所同也。然漁洋則未加品隲也。此即所謂『不著一字』之旨，先生説詩每如此。

二

青蓮才筆九州横，六代淫哇總廢聲。白紵青山魂魄在，一生低首謝宣城。

三

挂席名山都未逢，潯陽喜見香爐峯。高情合受維摩詰，浣筆爲圖寫孟公。（右丞愛襄陽『挂席幾千里，名山都未逢』之句，因爲寫吟詩圖。）〔一〕

或謂此詩只叙其事，而無論説，何也？予曰：先生分甘餘話一條云：『或問「不著一字，盡得風流」之説。答云：太白詩：「牛渚西江夜，青天無片雲。登高望明月，空憶謝將軍。余亦能高詠，斯人不可聞。明朝挂帆去，楓葉落紛紛。」襄陽詩：「挂席幾千里，名山都未逢。泊舟潯陽郭，始見香爐峯。常讀遠公傳，永懷塵外蹤。東林不可見，日暮空聞鐘。」詩至此，色相俱空，政如羚羊挂角，無迹可求，所謂逸品是也。』此前一首，借太白懷小謝説，意亦如此。其前五字『清晨登隴首』一篇，更不消詮釋耳。

【校記】

〔一〕王士禛注，手稿本未録。

四

杜家箋傳太紛拏，虞趙諸賢盡守株。苦爲南華求向郭，前惟山谷後錢盧。

此首則出議論矣。論杜而及於注家，論注杜而所斥者虞、趙，所主者錢、盧乎？虞伯生注之出於託名，夫人而知之矣，何不云魯訔、黄鶴諸家耶？山谷大雅堂記自是高識〔一〕，然不能與後人注杜者並論也。盧氏杜詩胥鈔，其書不甚行於世，人罕知者。昔予在粵東，晤青州李南磵，語及此，南磵致書盧氏，屬其家以初印本見贈，始知其非定本。此蓋漁洋傅會其鄉人之詞，不可爲據也。杜詩千古詩家風會所關，豈可隨所見以傅會之！

【校記】

〔一〕『是』字，手稿本作『然』。

五

風懷澄澹推韋柳，佳處多從五字求。解識無聲絃指妙，柳州那得並蘇州？

許彦周詩話：『東坡云，「柳子厚詩，在陶彭澤下、韋蘇州上。」』先生分甘餘話：『東坡此言誤矣。予更其語曰：韋詩在陶彭澤下、柳柳州上。』按弇州藝苑卮言曰：『韋左司平澹古雅，柳州刻削雖工，去之稍遠。』此論與漁洋相似。然而遺山論詩絶句自注曰：『柳子厚，唐之謝靈運。陶淵明，晋之白樂天。』此實上下古今之定品也。其不以柳與陶並言，而言其繼謝；不以陶與韋並言，而言其似白者，蓋陶與白皆蕭散閒適之品；謝與柳皆藴釀神秀之品也。漁洋先生不喜白詩，故獨取韋以繼陶也。獨取韋以繼陶，則竟云陶、韋可矣，奚其必取柳以居陶、韋之次乎？且以漁洋之意推之，則有孟浩然、祖詠一輩人皆可以繼陶者〔一〕，奚必其及柳乎？則必曰但取中唐時人，不得不以柳並言耳。是則因言陶、韋而及之，猶若局於東坡之論矣。夫東坡之言陶、柳、韋也，以詩品定之也，非專以襟抱閒曠定之也。若專以襟抱閒曠定之，則以陶、韋並稱足矣，不必系以柳矣。若以詩論，則詩教温柔敦厚之旨，自必以理味事境爲節制，即使以神興空曠爲至，亦必於實際出之也。風人最初爲送别之祖，其曰『瞻望弗及，泣涕如雨』，必衷之以『秉心塞淵，淑慎其身』也。雅什至東山，曰『零雨其濛』〔二〕，『我心西悲』，亦必實之以『鸛鳴於垤』，『有敦瓜苦』也。況至唐，右丞、少陵，事境益實，理味益至。後有作者，豈得復空舉絃外之音，以爲高揭羣言者乎？漁洋生於李、何一輩冒襲僞體之後，欲以冲淡矯之，此亦勢所不得不然。而究以詩家上下原委，核其實際，則斷以遺山之論爲定耳。

【校記】

〔一〕『浩』字，手稿本誤脱。

〔二〕『濛』字，手稿本作『蒙』。

六

廣大居然太傅宜，沙中金屑苦難披。詩名流播鷄林遠，獨愧文章替左司。（『敢有文章替左司』，白公刺蘇州時詩也。）

先生不喜白詩，故特借白詩此句，以韋左司超出白詩上也。前章固以韋在柳上，此則以五言古詩類及之，猶爲有説也。若以韋在白上，則儗不於倫也。白詩所云『敢有文章替左司』，是因守蘇州而云爾，豈其關涉詩品耶？白公之爲廣大教化主，實其詩合賦、比、興之全體，合風、雅、頌之諸體，他家所不能奄有也。若以漁洋論詩之例例之，則所謂廣大教化主者，直是麄細雅俗之不擇，泥沙瓦礫之不揀耳。依此，以披沙得金，則何『金屑』之有哉？竟皆目爲沙焉而已〔一〕。未知先生意中所謂『金屑』者，何等『金』、何等『屑』也？若以白詩論之，則無論昆田、麗水皆金也。即一切恒河沙，皆得化爲金也。若以漁洋之揀金，則宋人刻玉以爲楮葉。必如此而後爲楮葉，則凡花草之得有葉者鮮矣。明朝李、何以訖王、李，皆僞詩也。漁洋先生豈惟於滄溟不免周旋鄉人，抑且於弘治七子沿襲信陽、北地之遺。是以『神韻』者，即『格調』之改稱，自必覺白公詩皆粗俗膚淺矣。故以維摩一瓣香屬之錢、劉，而以『文章替左司』之語原出於白詩，只作引述，宛似不著議論者，轉使人乍看不覺其有意貶斥白詩之痕迹耳〔二〕。

【校記】

〔一〕『皆』字，手稿本作『得』。

〔二〕『耳』字，手稿本作『也』。

七

獺祭曾驚博奥殫，一篇錦瑟解人難。千年毛鄭功臣在，獨有彌天釋道安。（琴川釋道源，字石林。）

所謂『彌天釋道安』者，借世説之釋道安，以指明末琴川釋道源也。道源之注，朱長孺雖略採取之，何足當『毛、鄭功臣』之目乎？且錦瑟一篇，遺山論詩絶句已有之，遺山詩曰：『望帝春心託杜鵑，佳人錦瑟怨華年。』此二句，雖括舉義山原句，而義已明白矣。錦瑟本是五十絃，其絃五十，其柱如之，故曰『一絃一柱』也。此義山迴復幽咽之旨，在既破作二十五絃之後，而追説未破之初〔一〕，『無端』二字，從空頓挫而出，言此瑟若本是二十五絃，則此恨無須追訴耳。無奈其本是五十絃，誰令其未破之先本自完全哉！『無端』者，若訴若怪，此善言幽怨者，正以其未破之時〔二〕，不應當初完全致令破作二十五絃而懊惜也。所謂『歡聚』者，乃正是結此悲怨之根耳。五六句『珠』以『月明』而已先『含淚』，『玉』以『日暖』而已自『含烟』。所以末二句：『此情可待成追憶，只是當時已惘然。』不待今已破而後感傷也。其情種全在當初未破時耳。以此迴抱三、四句之『曉夢蝴蝶』、『春心杜鵑』，乃得通體神理一片。所以遺山叙此二句，以『杜鵑』之『託』説在前，而以

『華年』之『怨』收在後，大旨了然矣。何庸復覓鄭箋乎？漁洋此詩，先以獺祭之博奧，則似以藻麗爲主，又歸於琴川僧之注，則於虛實皆無所據。故雖同以錦瑟篇作論詩絕句，而其與遺山相較，去之千里矣。

【校記】

〔一〕『追』字，手稿本作『後』。

〔二〕『其』字，手稿本無。

八

涪翁掉臂自清新，未許傳衣躡後塵。却笑兒孫媚初祖，强將配食杜陵人。（山谷詩，得未曾有。宋人强以擬杜，反來後世彈射，要皆非文節知己。）

先生鈔七言詩，凡例云：『山谷雖脱胎於杜，顧其天姿之高，筆力之雄，自闢門庭。宋人作西江宗派圖以配食子美，要亦非山谷意也。』按此凡例數語，自是平心之論。其實山谷學杜，得其微意，非貌杜也。即或後人以配食杜陵，亦奚不可！而此詩以爲『未許傳衣』，則專以『清新』目黄詩，又與所作七言詩凡例之旨不合矣〔一〕。遺山云：『論詩寧下涪翁拜，未作江西社裏人。』此不以山谷置西江派圖中論之也。漁洋云：『却笑兒孫媚初祖，强將配食杜陵人。』此專以山谷置西江派圖中論之也。山谷是『西江派』之祖，又何待言！然而因其作『西江派』之祖〔二〕，即不許其繼杜，則非也。吾故曰：遺山詩初非斥薄『西江派』也。正以其在論杜一首中，與義山並推，其繼杜則即不作一方之音限之可矣。此不斥薄『西江派』〔三〕，愈見山谷之超然上接杜公耳。近日如朱竹垞論詩，頗不慊於山谷。惟漁洋極推山谷，似是山谷知己矣，而此章却又必拘拘置之『西江派』，不許其嗣杜。揆之遺山論詩，孰爲知山谷者，明眼人必當辨之。先生他日讀黄詩絶句，又曰：『一代高名孰主賓？中天坡谷兩嶙峋。瓣香只下涪翁拜，宗派江西第幾人？』此首則竟套襲遺山論詩絶句『論詩寧下涪翁拜，未作江西社裏人』之句調。愚從來不敢效近人騰口於漁洋先生，然讀至此詩，則先生竟隨口讀過，不能知遺山詩之意矣。遺山『寧』字，百鍊不能到也，其上句云『古雅難將子美親，精純全失義山真』，有一杜子美在其上，又有一李義山在其上，然後此句『寧』字，只以一半許山谷，而已超出所謂『西江派』方隅之見矣。只此一箇『寧』字，其心眼並不斥薄『西江派』。而其尊重山谷之意，與其置山谷於子美、義山之後之意，層層圓到，面面具足。有此一『寧』字，乃得上二句學杜之難，與學義山之失真，更加透徹也。若漁洋此作，云『瓣香只下涪翁拜』，換其『論詩』二字曰『瓣香』，則真不解也。夫遺山諸絶句，皆論詩也，何以此處忽出『論詩』二字乎？所以漁洋先生以『瓣香』二字換之。揆其意，似以爲『瓣香』二字近雅〔四〕，而『論詩』二字近於通套乎？誰知遺山此句『論詩』二字，方見意匠，蓋正對其下一句言之，彼但以『西江派』目山谷者，特以一方之音限之，非通徹上下原流者也。若以論詩之脈，而不以方隅之見限之，乃能下涪翁之拜，知是子美門庭中人耳。此其位置古人分際，銖兩不差，真善於立言者也。若云『瓣香』，吾不知漁洋之意果其欲專學山谷詩乎？先生固未嘗專學山谷詩也。然即使欲專學山谷，則其意，以『只』字特見推崇山谷矣，乃其下接句却又不然，乃曰：『宗派江西第幾人？』〔五〕此又實不可解。夫山谷是西江宗派圖中之第一人也〔六〕，所以云『兒孫媢初祖』，先生固明知其爲『西江派』之初祖也，何以此處又佯問曰：是西江派『第幾人』？不知其意欲顯其高出西江諸人乎？抑欲較量其與西江諸人之等級乎？實則不過隨手套襲遺山之句調，而改換其『社裏人』爲『第幾人』，是則近今鄉塾秀才套襲墨卷之手段耳。正與其浯溪碑七言古詩，襲用山谷『瓊琚詞』三字笨滯相同，而更加語病矣。愚從來竊見近日言詩者薄視漁洋，心竊以爲未然，今日因附説論詩絶句至此，而不能默也。

【校記】

〔一〕『作』字，手稿本無。

〔二〕『又何待言然而因其作西江派之祖』十四字，手稿本無。

〔三〕『斥薄』，手稿本作『薄斥』。

〔四〕『爲』字，手稿本無。

〔五〕『江西』，手稿本誤作『西江』。

〔六〕『宗』字，手稿本無。

九

鐵崖樂府氣淋漓，淵穎歌行格儘奇。耳食紛紛説開寶，幾人眼見宋元詩？

此首意若偏嗜吴立夫者。又不解末句『宋元詩』『宋』何指也。七言凡例亦謂淵穎勝廉夫，此在漁洋幼讀吴立夫詩故云爾。然吴立夫詩，頗帶龐獷之氣。先生遽以厠諸遺山、道園七古之後，似未稱也。

一〇

李杜光芒萬丈長，昌黎石鼓氣堂堂。吴萊蘇軾登廊廡，緩步空同獨擅場。

此首今精華録所删，然全集有之。恐讀者惑之，不可不辨也：既以韓石鼓歌接李、杜光燄，顧何以吴立夫繼之？且以吴居蘇前，可乎？且以李空同繼之，可乎？此則必不可以示後學者矣。

一一

藐姑神人何大復，致兼南雅更王風。論交獨直江西獄，不獨文場角兩雄。

此以下十四首，皆論明朝詩。而其間讚美李、何者，凡數首。此一首贊何大復亦太過。其云『王風』，亦不可解，豈以十五國風中王國之風，近於雅耶？不思黍離降爲國風，正以其不能列於雅耳。而中谷、大車諸篇，豈能超出干旄、淇澳諸篇上乎？若以詩三百篇比喻明詩，則愚竊謂唐、宋已來皆真詩，惟至明人始尚僞體，至李、何一輩出，而真詩亡矣！則或以詩亡喻李、何，庶幾其可乎？揆先生之意，却又未必如此。而妄云『王風』，又以藐姑射之神人推何大復，何異塗抹粉黛，以爲仙姿者乎？

一二

正德何如天寶年？寇侵三輔血成川。鄭公變雅非關杜，聽直應須辨古賢。

鄭善夫固不可云學杜，然亦不得云『變雅』也。末七字麄直，似非漁洋先生之詩。

一三

十載鈐山冰雪情〔一〕，青詞自媚可憐生〔二〕。彥回不作中書死，更遣匆匆唱渭城。

惟此一首，婉約有致，駡嚴嵩有味，又不著迹，此即所謂『羚羊挂角』之妙也。但以愚意，如嚴嵩者，縱使其能詩，亦不直得措一詞以駡之。若果通加選輯明詩諸家而及之，或可云不以人廢言耳；今於上下古今作論詩絶句，乃有論嚴嵩一首耶？

【校記】

〔一〕『鈐』字，手稿本誤作『鈴』。

〔二〕『自』字，手稿本誤作『白』。

一四

中州何李並登壇〔一〕，弘治文流競比肩。詎識蘇門高吏部，嘯臺鸞鳳獨逌然。

此首抑揚之間，歸重在高蘇門〔二〕，大指不謬。獨不應以『中州登壇』推許何、李耳。

【校記】

〔一〕『登壇』，手稿本作『擅場』，據王士禛帶經堂集，當作『登壇』。

〔二〕『門』字，手稿本作『州』。

一五

文章煙月語原卑，一見空同迥自奇。天馬行空脱羈靮，更憐譚藝是吾師。

漁洋有徐高二家詩鈔。此二首，評高、徐皆當矣。此首論徐而推重空同，亦是實事如此，非前首論高而先推何、李者比也。二家究以高在徐上，徐詩不必皆真，而其古淡，究在李、何上。第以徐迪功直接古之作者，則實不敢附和，不過較空同爲近正耳。

漁洋有題徐迪功集詩，其首句，今刊本云：『昭代嬋娟子。』昔在館下校其集至此，紀曉嵐云：『昭』字應是『往』字之誤。予無以應之。其後予視學山東〔一〕，得見漁洋此詩手草，首句云：『絶代嬋娟子。』乃豁然明白。蓋因其紙昏，左『糸』旁僅有一二横，觀者誤以爲『日』旁，右『色』下半不明白，誤以爲『召』字，遂誤刊作『昭代』〔二〕。所關匪淺〔三〕，亟致書曉嵐俾改正之。附記於此。

迪功談藝録二千餘言，實則菁英可採者，數語而已。迪功少負儁才，及見空同，然後一意師古。惜空同專以模仿爲能事，以其能事，既其良友，故以如此天挺之清奇，以如此能改之毅力，而所造僅僅如此。亦其時爲之耳。顧空同爲之序曰：『守而未化，蹊逕存焉。』豈空同果能化歟？夫迪功所少者，非化也，真也。真則積久能化矣。未有不真而可言詩者。漁洋論詩所少者，亦正在真字。迪功五集内，未嘗無造詣處。今讀迪功集，自必以其師古者爲正矣。然如朱竹垞録其效何遜之作云：『簾櫳秋未晚，花霧夕偏佳。暗牖通新燭，虚堂聞落釵。淅淅烏驚樹，明明月墮懷。相思不可見，蘭生故繞階。』第四句竹垞作『響落釵』，然原本是『聞』字也。『聞』字實不可易，以音節言，對上句『通』字，似乎可仄。然此處用仄，則上四句純乎諧調矣，下四句之『淅淅』奚爲而變仄？『蘭生』奚爲而變平耶？惟其上四句之諧調，至第四句第三字忽以『聞』字變平咽住，所以後四句移宫换羽，乃天然節拍耳。即以詩理論，此通篇叙景，至第七句乃露情事，則第四句必作『聞』字，方與不可見相爲環合也。若作『響』則是僅取字勢似乎陡健，字音似乎鏘脆，而不知其於詩理全失之矣。漁洋先生最善講音節，不知曾見竹垞所録迪功詩之本誤作『響』否？故又附説於此。

【校記】

〔一〕『予』字，手稿本作『余』。

〔二〕『刊』字，手稿本作『刻』。

〔三〕『匪』字，手稿本作『非』。

一六

濟南文獻百年稀，白雪樓空宿草菲。未及尚書有邊習，猶傳林雨忽霑衣。

邊仲子詩稿手蹟，予嘗見之，前有徐東癡手題數行，漁洋以紅筆題其卷端。其詩皆漁洋紅筆圈點，或偶改一二字。此句『野風欲落帽，疎雨忽沾衣』〔一〕，實是『疎』字。漁洋紅筆壓改『林』字，蓋以『林』與『野』相對也。不知此『野』字，原不必定以『林』爲對，自以『疎』爲是，改『林』則滯矣。漁洋竟有偶失檢處。

【校記】

〔一〕『忽』字，手稿本作『欲』，據邊習集，『欲』字誤。

凡三十五首。附説者十六首。〔一〕

【校記】

〔一〕此段手稿本無。

卷九　漁洋詩問附記〔一〕

【校記】

〔一〕此卷依國家圖書館藏抄本整理。

一

郎廷槐問：『愚意以爲學力深，始能見性情？』答云：『此造微破的之論。司空表聖云：「不著一字，盡得風流。」此性情之説也。』揚子雲讀千賦，則能賦，此學問之説也。

方綱按：表聖此二語，非專以性情言也。若誤執此二語，以性情言□□至蹈空疏以高談性靈矣〔一〕。所謂『不著一字』者，正即含孕萬有之謂，正即讀破萬卷之謂。必知此義而後性情與學問合焉矣。漁洋拈『神韻』以言詩，神韻者，豈空掉之謂乎？

【校記】

〔一〕按，底本原有破損，闕二字。

二

問：『杜詩云：「熟精文選理。」請問其理安在？』答云：『理字似不必深求其解。』

按：此語非也。此理字乃徹上徹下之語，上而三百篇，此理也；迨至漢魏六朝，亦即此理也；唐宋已後，詩莫非此理也。理者，非必研析義理而後謂之理也。詩言志，志即理也。凡音之起，由人心生，心即理也。文理也之理，即事理、條理、肌理之理也。未有外理而言文者也。韓文公云，『周詩三百篇，雅麗理訓誥』，是即三百篇之理也。杜云，『熟精文選理』，即漢魏六朝詩之理也。杜牧之序李長吉詩，謂加之以理，可以『奴僕命騷』，即唐人詩之理也。杜詠麗人云，『肌理細膩骨肉匀』，言骨相必準於肌理也。若置理字不深求其解，必至於貌襲格調、撏取華藻，無弊不出矣。嚴漁洋蓋專執嚴滄浪所云『詩有別才，非關學也；詩有別趣，非關理也』二語，以爲『神韻』耳。嚴説固偶對滯迹者，言之然也。漁洋同時已有張蕭亭云：『嚴滄浪此語，是爲讀書者言之，非爲不讀書者言之。』斯言當矣。正以其入理，所以云『趣』不關『理』耳，豈可誤會？

三

問：『滄溟謂唐無五言古詩之説？』答云：『滄溟謂：「唐無五言古詩，而有其古詩。」此定論也。

或乃但截取上一句〔一〕，以爲滄溟罪案，滄溟不受也。』

按：此究是周旋其鄉人語耳。同時張歷友則云：『世無印板詩格，前與後，原不必盡相襲也。』滄溟五古，全仿選體，不肯規摹唐人，所以有唐無五言古詩之説，究唐五言古詩，各成一家，正以不依傍古人爲妙。何嘗無五言古詩哉？歷友名篤慶，與張蕭亭（實居）皆漁洋同時人而其論如此，則公論自有定也。滄溟之論唐五言古詩極嚴矣，而其録唐人五言古詩，寥寥數百，果足以爲讀唐五言之法耶？若謂其因執選體而謂唐無五古，則切中其弊矣。愚所以云詩不應專仿選體也。

【校記】

〔一〕『或』，漁洋山人詩問作『錢牧翁宗伯』，一作『錢氏』。

四

問：『七言長短句之法？』答云：『長短句，唐人惟李太白多有之。滄溟謂其「英雄欺人」是也。或有句雜騷體者，總不必學，乃爲大雅。』

按：此條亦以歷友答云『行乎不得不行』爲正論。滄溟以太白長短句爲英雄欺人，非也，正要於此得伸縮相間、動合自然之理，其不知節奏而妄效長短句者，與不知其伸縮之所以然，而概目爲欺人者，皆不知詩者之語。

五

問：『律古五七言中，最不宜用字句若何？』答云：『凡粗字、纖字、俗字，皆不可用。如杜詩「紅綻雨肥梅」，一句中便有三字纖俗，不可以其大家而概法之。』

按：漁洋評杜詩，於此句果用筆抹之，異哉！此一句中，謂有『三字纖俗』，試問，『綻』是開義，何纖俗之有？以『開綻』之『綻』爲纖俗，則『花開』之『開』字，亦纖俗矣。此處必不可用『開』字，若不云『綻』，則將換用何等字而後不纖俗乎？再則，以『肥』爲纖俗，肥對瘦，言肥對未開之蕾，言肥對初開而未盛開者，言所以此花雖已開若尚未經雨、未得以肥，言必經雨而後其紅始綻、始肥也。若不用『肥』字，更當用何字而後不纖俗乎？再試問，其第三俗字，則是『紅』字矣。『紅』是花之色，豈得以纖俗目之？紅俗，則緑亦俗乎？白亦俗乎？然則五色皆不可以入詩？此乃真不通之論。

惟其如此，所以漁洋選録七言古詩，不録坡公定惠院海棠詩，惡其『朱唇得酒暈生臉』也，昌黎詩『炎官張火繖』數句詠柿葉之赤，必亦以爲俗也。即杜之白絲行『象床玉手亂殷紅』，亦以爲近俗也。如此以論古人之詩，是乃真俗眼耳。

前卷愚於漁洋評杜此句目爲『俗句』者，猶以爲先生取超逸之格，不取細切體物之語，所以每嫌白詩近俗，亦此意也。今試再詳説之：　造物之生，必無專生梅、梨、水仙之淡白而鄙棄乎桃、杏、海棠之紅色者。其在詩人，各自即景佇興寫物，亦斷未有詠淡白之色則近於雅，詠丹赤之色則近於俗者。詩之雅俗，自在骨韻肌理，初非以字面分別雅俗也，即以詩之事境，亦未有必叩禪寮、坐定室盆梅松月間而輒謂之雅，趨直官曹、應接倫物而輒謂之俗者。如是，則同一國風也，一言『葭蒼露白』，即謂之雅音，一言『厹矛鋈錞』，即謂之俗乎？且如同一篇中，『幽幽南山』，即謂之雅，『其泣喤喤』，即謂之俗乎？且如先生所以嫌白詩者，如形容花之顔色，比之如火，此則誠若未免於俗。然春秋外傳『望之如荼』、『望之如火』、『望之如墨』，未可區別以『如荼』『如墨』爲雅，以『如火』爲俗也。又如擬歌曲之音，比其『直如筆描』，又豈不近於俚俗？然此自是白詩體段如此〔一〕，亦斷不能盡天下後世作者皆必效韋左司之禪定室中磬聲者也。若必盡欲刬除八哀篇中不甚了然之句，則『蜀江如線如針水』亦原無刊正之定本，大食刀歌即應先除去矣。如太白之長短句，則目爲『欺人』，少陵之八哀，又指摘累句，則將置三百篇中不甚易作箋疏之句，欲一舉而廢之耶？評杜之失言，未有若『紅綻』句之失言者爾。

【校記】

〔一〕『白』，抄本作『百』，據文意徑改。

六

問：『秦漢風味，與三唐何如？』答云：『秦詩，具於詩之秦風。漢人蘇武、李陵、枚乘、傅毅之作，去國風未遠。六代，惟陶彭澤；三唐，惟韋蘇州，可以企及。』

按：此條本不必問也。所答則未然。秦風，三百篇之體也。既以秦漢並言，則豈有舉三百篇之篇章與兩漢並言者乎？若言文，則豈可以秦漢並稱，若言詩，則岱、嶧、之罘諸銘詞，豈得與二漢之作並言？是言詩，不得以秦漢並言也。若言晉唐之詩，以韋繼陶可也，若言漢唐之詩，以韋繼漢，可乎？

七

劉大勤問：『七言古，用仄韻，用平韻，其法度不同何如？』答云：『七言古，一韻到底者，其法悉同。唯仄韻詩，單句末一字可平仄間用；平韻詩，單句末一字忌用平聲。若換韻者，則當别論。』

按：七古平韻者，其上一句末一字，自以用仄爲常。然若必謂不可用平，則亦泥也。古人七古平韻之篇，其上句有末一字偶用平者，正是其音節逼到不得不然，乃以末用平之句撑拄而起。熟味古人自知之，非可限例。

八

問：『明人詩，可比何代？弇州可比東坡否？』答云：『明詩勝金元，才識學三者，皆不逮宋，而弘正四傑在宋詩亦罕其匹，至嘉隆七子，則有古今之分矣。弇州如何比得東坡？東坡千古一人而已，惟律詩不可學。』

按：此條內惟云明詩『才識學三者皆不逮宋』，又云『東坡千古一人』，此二語可也。然謂明詩才識學三者不逮宋，雖是，已而謂其勝金元，可乎？豈明人才識學三者能勝於金元乎？詩至明朝，其前惟一高季迪，而其才不克終；中間惟一高子業，而其體不能備。舍此二家外，惟劉誠意、宋潛溪，若果其中葉以後有真才實學足繼高季迪者，何不可上接宋金元？而無如前後七子競以貌襲格調爲之，使學者墮入摹擬剽竊之技，勿論宋也，以此接金元兩代，直是至明而詩亡耳。況經學既無根柢，史學亦不知考訂，徒恃空架以言詩文，若非我國朝以湛深經術之盛，救其流弊，則明朝一代之學問文章，盡壞於時藝之寡陋，尚何詩文之足云乎？漁洋生當文明大啓之日，宏奬衆流，扶樹大雅，宜敬慎以明詩爲規鑒，而乃謂其勝於金元。金源名家輩出，即一元遺山，已非明人所能到，元之虞道園，豈明人所能望見脚底乎？且明人之僞體，全在李、何一輩，煽其熾，使學者相率而爲僞，縱使其才力矯健，有能師古之處，正當代爲致惜。以如此才力，而蹈於剽竊，爲尤足懲鑒者。而乃轉揚其波，謂弘正四傑，在宋亦無其匹，此非阿比李、何，以張僞體乎？平心而論，若欲通録有明一代之詩，則中間既有李、何一輩之恃其才力，貌爲格調，雖云紙剪花鳥，非真花鳥，然畢竟有人目之爲花鳥，豈可目之爲土苴糞壤乎？則選録明詩到此際，不選李、何一輩而誰選哉？不特李、何、徐、邊也，即王弇州、李滄溟輩，亦豈無可傳之篇？如弇州擬焦仲卿妻之作，自足傳後，豈可因其貌古而轉薄之？此原宜就地論才，明朝人之勝場，原是如此，不能舉古人真詩以過繩之也。惟是漁洋先生標舉神韻，其意亦似有見於前明諸家矜言格調之非真，則其論上下詩家，必不應更侈言李、何一輩以誇壇坫之盛，且謂『嘉隆七子，有古今之别』，是亦周旋李滄溟之語，非藝林公論耳。不特此也，即以論五言古詩，必謂徐、高諸家，直接六代三唐作者，則將置杜、韓、蘇、黄諸大家於何地？此亦仍是其執李、何輩格調未化之見耳。夫五言古詩，必以杜爲正宗，而非貌襲杜之五言古也。猶夫五七言律詩，亦必以杜爲正宗，而非貌襲杜之五七律也。若東坡初未嘗矜言學杜，然其卷前荆州五律『朱檻城東角』一首〔一〕，却亦何嘗非踐杜之迹？至其後，更變化不覺耳。東坡、山谷之七律，何以異於放翁七律？而必謂放翁是正矩，東坡非正矩？此則誤會唐人格調而益滋流弊者也。故言不可不慎也。

即所推王右丞、李東川七律爲正宗，杜爲大家云者，亦是排場門面之見，仍即李、何輩格調之説耳。七律必虚實承乘一線，清徹而又渾淪圓足，無迹可求，乃爲成章。豈可貌唐人之格調，以爲成章乎？如必貌唐人格調以爲章，則無怪其以東坡七律爲不可學矣。此即争詩之真與不真也，亦不但七律耳。

竊揆先生之意，欲代爲撰一語云：蘇無七律，而有其七律如此，則誠白雪樓之鄉後進矣！

又如所問詩家鍊意，『意如何鍊』？答云：『鍊意，或謂安頓章法，慘淡經營處。』此答亦未明白。文以意爲主，文之意，即『詩言志』之『志』也，每一詩，或贈答某人，或指説某事，或詠某物，或正言，或反言，或直言，或設迴婉言，此即意也。有其事其物難遽直説，而却從對面或從逆取者，有其指似之，原委不能遽申破而必先縱筆，或反映，或旁襯，而後其正指乃得申破者，此皆臨文時匠心獨造。筆之所至，有養息焉，有節制焉，有收裹焉，非一端可名，而其意如穿九曲之珠，如照重輪之鏡，此乃可云『鍊意』耳，豈能以『安頓章法』盡之？

又如池北偶談云：『學杜詩者，退之得其神，子瞻得其氣，魯直得其意，獻吉得其體，鄭繼之得其骨。（鄭繼之得杜骨，本王元美詩。）它如李義山、陳無己、陸務觀、袁海叟輩，又其次也。陳簡齋最下。』按：此所論，惟『獻吉得其體』、『繼之得其骨』二語，未爲允當。如以李獻吉得杜之體，則是專取貌襲矣。以貌襲爲得其體，則何以能知李義山、黃山谷二家之初不貌襲杜者，未能學杜哉？同出先生之言，未知何以忽真忽假，擬於不倫耶？至謂鄭繼之得其骨，鄭繼之於杜，專效其危苦之詞氣，以爲學杜，則更非真矣。若李義山之不似杜者，乃庶可云得杜骨耳。

又香祖筆記云〔二〕：『韓石鼓歌，或謂學杜李潮八分小篆歌，非也。此歌尚有敗筆。韓石鼓歌雄奇怪偉，不啻倍蓰過之，豈可謂後人不及前人耶？後子瞻石鼓篇，別自出奇，乃是韓公勍敵。』愚按：此條非是。杜八分小篆歌，何得云有敗筆？敗筆云者，近時書畫家俚俗之談，以不甚經意、隨手塗抹之率筆，目爲敗筆耳。詩家無此語也。此歌内可有某句不經意、隨手塗抹之率筆乎？揆其意，蓋以韓歌筆筆撑拄雄峙而杜歌若隨手跌宕者，故有『敗筆』之説，是乃不知詩者之言爾，試詳繹之，古人此等作，原不應校其軒輊，其謂韓石鼓歌效杜此歌者，固所不必也。即謂蘇石鼓一篇，與韓勍敵，亦所不必。蘇詩此作，自不及韓之力量，即以蘇之正面摹寫『勳勞』數句，豈能及韓之『快劍』以下數句乎？蘇詩後半，以暴秦演至數句，亦不及韓後半之直叙也。七言古詩，有以格局開展、筆勢撑拄見力量者，亦有以迴復頓跌見深致者，非必其專以開拓撑拄者爲主也。若謂韓、蘇此等七古氣格筆力，足以接武杜陵，自是正論。但不必謂此歌必效此篇作耳。乃若欲翻其案，轉謂杜歌有敗筆，則貽誤之甚者矣。

【校記】

〔一〕『城』，抄本原作『成』，據蘇軾荊州十首其四校改。

〔二〕按，下引實出王士禛池北偶談卷十三，作『香祖筆記』殆誤記。

卷十　然燈記聞附記

（新城何世堪述，漁洋夫子口授）〔一〕

何端簡公然燈記聞一卷原本，方綱附記。

此卷是端簡公所撰，方綱全録於此，附以管見，非若前卷偶節録也。

【校記】

〔一〕此卷依上海圖書館藏翁方綱手稿本整理。「記」，翁方綱稿本原作「紀」，據王士禛口授、何世堪述然燈記聞改，下同。卷題「附記」二字，稿本原無，校者補。

一

七月初四日晚，師云：「學詩須有根柢，如三百篇、楚詞、漢魏，細細熟玩，方可入古。」

脱盡時人面孔，方可入古。

爲詩且勿計工拙，先辨雅俗。品之雅者，譬如女子靚妝明服固雅，粗服亂頭亦雅；其俗者縱使用盡妝點，滿面脂粉，總是俗物。

古詩要辨音節，音節須響，萬不可入律句，且不可説盡，像書札語。

謹按：古詩音節，豈一端而已？姑勿論初唐四子體，張、王、元、白諸體，不能概以『不可用律句』繩之，即以杜、韓古體，其中險峻勁放之極，更必以諧和似律之句間插其間，所謂筋摇脉轉處，正未可盡屏去似律之句也。此自在善於酌劑，豈得泥執曰『萬不可入律句』乎？

此視其篇内上下音節相承，有必不可用諧句者，亦有其勢不得不用諧句者，非可一概論也。嘗見漁洋評杜詩醉歌行〔一〕，引末句『生前相遇且銜杯』，批云：『結似律，不甚健。』〔二〕殊不知此篇末一段，『先生早賦歸去來』以下三平之調，疊唱作收場，若不束以相諧之句，則鼓聲叠拍、馬逸不能止之勢，將何以結束乎？此則必有平仄相諧之一聯拍節而住，方見收場之妙，必無此處複用三平之句者也。先生誤執，謂古詩必不可用律句，其弊遂至於誤評杜詩。且如元遺山西園詩，開首云『西園老樹摇清秋』，三平作起句矣，第二句『畫船載酒芳華游』，又以三平之句承之，此下第三句似應五六七字有一换仄者間之以起全篇之勢矣，乃其第三句『登山臨水銷煩憂』〔三〕，又用三平之句接之。此開篇一連三句皆末三字用三平，叠鼓之節，一往直前，試問此下何以轉身？乃其第四句『物色無端生暮愁』，却以相諧之律句，移宫换羽而出之，夫然後起下通篇大章法也。此則著一相諧之律句而益加勁放也，豈得曰『似律，不健』乎？總視全局上下銜接應如何耳。至若杜詩『東西南北更誰論，白首扁舟病獨存』，以下一連七八句皆相諧似律句，而其氣縱横雄肆，較之末三字皆平者更加古健，是又須按拍細論者矣。總之，五言則對句之三四五字，七言則對句之五六七字，自必以純用三平爲正調，而亦視其上第四字（五言視其上第二字）之平仄如何，抑又視其通篇乘承變轉之勢如何，豈得盡以『不可入律句』一語概之？

【校記】

〔一〕『醉歌行』，當作『醉時歌』，見杜甫集。

〔二〕『不甚』，翁方綱手稿原作『甚不』，據王士禎帶經堂詩話卷三十、翁方綱石洲詩話卷六引乙正。

〔三〕『銷』，據元好問西園，當作『祛』。

二

韻有陰陽，陽起者陰接，陰起者陽接，不可純陰純陽，令字句不亮。

按：此合古體、近體言之，然亦言其概耳。所云『韻陰韻陽』者，即如平聲有清濁之類是也。文以意爲主，自必煉意成章之後，偶有同一虚實字面，改其音之近啞者、犯複者，使之調和響戛耳，非別有秘訣，果若弦索宫商之按譜者也。恐學者執此，誤謂詩有音律定法，則亦實無此説。

三

爲詩各有體格，不可泥一。如説田園之樂，自是陶、韋、摩詰；説山水之勝，自是二謝；若道一種艱苦流離之狀，自然老杜。不可云我學某一家，則勿論那一等題，只用此一家風味也。

按：此亦非可一概而論。王右丞若與韋左司並論，亦豈僅田園之作？昔人於田家詩，並推王、儲，亦未聞言韋也。如必謂寫艱苦流離皆學杜詩，則必致目杜詩爲變風變雅矣。愚嘗謂周文公之雅頌，非杜莫能爲也，豈得因其在天寶、至德之際而目爲亂離之作乎？先生論詩又一條云：『五言古有二體，田園丘壑當學陶、韋，鋪叙感慨當學杜。』此竟分二體，似亦未可。

四

爲詩須有章法、句法、字法。章法有數首之章法，有一首之章法，總是起結血脉要通，不則痿痹不仁，且近攢凑也。句法杜老最妙，字法要鍊，不可如王覺斯之鍊字，反覺俗氣可猒。如『氣蒸雲夢澤，波撼岳陽城』，『蒸』字、『撼』字何等響，何等確，何等警拔也！

竊按：詩之警切，全在原頭上辨之，非可專用力於句法、字法也。王覺斯亦豈可與杜詩並論？似太擬不於倫。此皆先生隨口偶舉之語，不必筆諸簡也。

五

爲詩先從風致入手，久之要造於平淡。

按：風致二字，似未可爲入手者言之。愚嘗笑近有論詩者以風致目漁洋，此不知漁洋者，不意先生先自誤言之。詩之情韻必由理出，必由骨節出也。若其不衷於肌理，不深求於骨節，而徒以風致取勝，必致流於俗艷，豈論詩之正乎？且云『久之要造於平淡』，平淡者，對絢爛而言，非對風致言也。若對初學言，或教以先馳騁筆力，馳騁才藻，而後久之歸於平淡，尚可言也。豈可云先從風致入手乎？況其後工夫須言歸於節制，歸於收裹，乃能幾於成章耳，豈可言歸於平淡？平淡者，天然成就之境候，不可以人力勉爲之，詩至於平淡之境，誰能力造耶？昌黎云：『姦窮怪變得，往往造平淡。』正是馳騁才力之後之真境耳。

六

爲詩總要古，吳梅村先生詩，盡態極妍，然只是欠一『古』字。

按：詩無貌古之理，古必天然神到，自然入古，亦猶平淡之不可以强爲也，豈可云詩必求其古哉？若學者相率而效爲貌古，則蹈襲之弊，競趨於僞體，是乃詩之大蠹，所以李空同、何大復輩之僞體，漁洋惟恐人譏議之，此則漁洋先生之好買假古董，實不能爲先生諱矣。吳梅村詩濃艷，是其本色，即濃艷之體，亦自有極至處，初何傷哉？梅村作古體，一有心仿杜，則傖氣畢露矣。人之造詣各有專長，奚其貌古之云耶？漁洋勸人勿學白詩，亦猶是此等貌古之見耳。

七

論世詩要藴藉，又要旁引曲喻，使人有諷咏不盡之意，不可只將舊事排説。爲詩須博極群書，如十三經、廿一史，次及唐、宋小説，皆不可不看，所謂取材於選，取法於唐者，未盡善也。

律句正要辨一三五，俗云『一三五不論』，怪誕之極，決其終身必無通理。

按：古體詩尚必以一三五爲關捩，豈有律詩不講一三五字者？此特俗塾之俚談，所不消辨者。惟是每篇句中一三五字，實與二四六互相爲用，其乘承正變之所以然，在熟玩古大家之作，自善會之，非有印板可執也。

八

爲詩結處最要健舉，如王維詩『迴看射雕處，千里暮雲平』，何等氣概！

按：『健舉』二字本於唐人品宋之問『晦日昆明池』之作也。所難者，意盡耳，不然，同一題之作，何以沈不及宋乎？意盡則無可出路，須尋一出路之法，此則有餘意難終，或涉於添出者。黄山谷於收句偶有借一事類，借一語料襯托而出者，謂之『打諢』，此則亦在乎神到，非可强爲矣。

九

詩要洗刷的浄，拖泥帶水，便令人厭觀。

爲詩用語要典，不可杜撰。

詩要清挺，纖巧濃艷，總無取焉。

按：此條則可見前條『風致』二字非定論也。

十

『爲詩須要多讀書，以養其氣；多歷名山大川，以擴其眼界；多親明師益友，以充其識見。』堪問曰：『是則然矣。但寒士僻處窮巷，無書可讀，而又無緣游歷名山大川，常恨不得好友與之切磋，則奈何？』曰：『只是當境處莫要放過，時時著意，事事留心，則自然有進步處。』説畢嘆曰：『吾鄉風雅衰極，淡庵汝當努力。』

『詩學要窮源溯流，先辨諸家之派。如何者爲曹、劉，何者爲沈、謝，何者爲陶、謝，何者爲王、孟，何者爲高、岑，何者爲李、杜，何者爲錢、劉，何者爲元、白，何者爲昌黎，何者爲大曆十才子，何者爲賈、孟，何者爲温、李，何者爲唐季，何者爲北宋，何者爲南宋，析入毫芒，學焉而得其性之所近，不然胡引亂竄，必入魔道』。一日，論及方山謝公詩曰：『方山清漪可愛，但少嫩些。』『七言律宜讀王右丞、李東川，尤宜熟玩劉文房諸作，宋人則陸務觀。若歐、蘇、黄三大家，只當讀其古詩、歌行、絶句，至於七律，必不可學。讀前諸家七律，久而有所得，然後取杜讀之，譬如百川學海而至於海也。此是究竟歸宿處。若驟學之，鮮不蹪矣。』

竊按：此一條愚所未能愜服者。此一條蓋有二失：一則謂蘇、黄七律必不可學，此大誤也。歐陽集中七律名篇尚不甚多，且不必説，若蘇、黄二家七律與其古體之沉頓雄恣，何所分別乎？不過不曾如明朝李、何輩貌爲唐律之格調耳。正當舉此種七律，如北宋自王半山（半山人無足論，其詩則工，其七律尤見真際。）及蘇、黄二家，實皆足以爲明朝李、何、王、李輩貌襲唐調之千金良藥。必知此是七律正宗，而後可以語唐七律也。陸放翁七律最圓足，足繼前賢，亦正與蘇、黄七律克嗣也。唐七律以右丞、東川、少陵、義山爲正宗，宋則半山、蘇、黄、陸也，金則遺山，元則道園耳。且漁洋先生專取唐人七律之格調，而於其後之效唐七律者，又嘗推許李空同、李滄溟矣，然則此條内既綜論古今七律，又何不併言學者當師法空同、滄溟耶？豈非先生亦自覺其非真耶？再則云『先讀諸家，久而有得，然後讀杜』，此又誤也。杜少陵之詩，即儒者聖經也。若以爲文例之，則在前馬遷之史也，在後昌黎之文也；以藝事例之，即王右軍之書也。今如讀書者且先誦法諸子史集，俟其有得，然後進而讀六經，有是理乎？爲文者且先學柳子厚、李習之、孫可之諸家，俟其有所得，然後再進而讀韓文，有是理乎？學書者且先習學王獻之、蕭子雲、羊欣、薄紹之，俟其有得，然後再進而學右軍，有是理乎？正惟四書五經、布帛菽粟，人人日用飲食所亟需而不可須臾離者，未有以道高且美若登天然，而姑遠之，姑俟之者也。且勸學者先從根柢下手，經史，根柢也；杜詩，亦即根柢也。並非欲效其貌，效其渾古，效其沉雄激壯也。學古人詩，斷無效其貌者也。（所云『驟學之，鮮不躓』者，正謂學其貌耳。）〔一〕正惟此中細肌密理，深研其虛實銜接、乘承伸縮之所以然，在諸家雖亦有之，而無若杜之正變開合、縱斂起伏，無處非規矩方圓之極則者也。且如右丞七律，亦豈非細肌密理，可以見規矩方員之則者乎？然亦有説焉。右丞、東川七律，其肌理即在格韻之中，淵然不露，爲難尋也。是以若劉文房七律即右丞、東川七律，所不及右丞、東川者，味稍薄耳。中唐十子七律，亦又何嘗非此種七律？不過味又較更薄耳。其味漸薄矣，而其肌理、格韻無以别於右丞、東川七律也。初無人敢以貌襲右丞、東川之僞體目之者，所以漁洋於右丞、東川外，必首舉文房，其勢然也。即使其學右丞七律，真到右丞分際者，亦只望之如是；即使其後中晚唐人學右丞，具體而非造真際者，亦復望之如是。故曰右丞七律，其肌理即在格韻中，淵然不露，爲難尋也。杜則不然，杜之肌理於氣骨筋節出之，於章法頓宕出之，學者誠能造其深微，得其肌理運轉之所以然，則其外貌原不必斤斤杜詩之似也。既深得其肌理運轉，則其外貌之濃淡傅色，且各有取材制勝處，豈必自名爲學杜？此則義山、山谷、道園皆如是也。其不善學者不知其內腠理密運之所以然，第以詞色聲音之末步趨而橅仿之，則其嗜僞者豔以爲近真也。其有識者則斥爲僞體，若李空同、何大復、李滄溟是也。所以仿右丞，其真贋猝不能辨也，仿杜則真贋立辨，何者？於骨節辨之，不能欺人者也。由是言之，則右丞非不具肌理骨節，而仿之者，今人不覺孰真孰僞；杜則肌理骨節，箭在的中，能者從之，不能者無從著手。此所以漁洋教人尤在熟玩劉文房七律者，正是有唐一代學右丞者衆手一同也。唐人七律自李義山外，無人知杜法者，非其不欲學也，力不能也。漁洋心眼超絶，固亦覰見義山、山谷之得杜意矣，然其意中究未能脱去空同、滄溟之格調，故於右丞、東川外，必首舉劉文房。文房豈後來李、何僞體可比？而漁洋之意，欲學者步趨嚮往之處則同也。惟其如此，則誠似右丞、東川易效，而杜難效也。學者居今日經籍昌明之會，皆知通經學古，非復漁洋所承從前格調摹仿之派，愚則欲正告學者，既欲學詩，必先求其真際，必先講其縱斂起伏之所以然，必宜先探杜之原，而又必合右丞、東川以植基地，至唐人七律若劉文房以下，即大曆十子之倫，七律亦有佳篇，是宜隨其質地所近，皆資取益。而學杜七律之正軌，則香山、義山、樊川以及東坡、山谷、放翁、遺山、道園皆適道之圭臬耳。

唐人七律皆效右丞〔二〕，即如劉文房是已。文房稱『五言長城』，豈其七律非正矩乎？然只骨肉停匀，情景相稱耳；杜七律則章法節奏沉頓開宕，非僅一寫景言情所能限矣。況七律唐始啓之，至宋以後，事境漸增，人之所處與其諷諭贈處又萬有不同，又豈可槩以一情一景盡之？所以東坡、山谷以後，乃無境不闢，其章法乘承接笋合縫，亦非唐人格律所能該悉也，而此條云『尤宜熟玩劉文房七律』，文房七律止一卷，纔數十首，其中名作九首而已。（送柳使君赴袁州、江州重别薛柳二員外、青溪口送人歸岳州、送耿拾遺歸上都、獻淮寧節度使李相公、漢陽獻李相公、長沙過盧鴻宅〔三〕、登餘干古縣城、别嚴士元。）右丞、東川七律雖亦篇什不多，而其深厚在文房上遠矣，何以謂『尤宜熟玩文房』乎？此特偶對澹庵話及，此非通徹訂定之語，學者或勿泥執焉可耳。

【校記】

〔一〕此段小注，翁方綱書於天頭，後有朱筆：『此十五字，分二行，注於「效其貌者耳」下。』

〔二〕此段恰逢换頁，天頭有翁方綱朱筆：『皆低一格。』

〔三〕『盧鴻』，據劉禹錫集，當作『賈誼』。

一一

七月初六日薄晚，乘凉院中，瑾執古樂府中江南可采蓮一首進質曰：『如此詩，寄託何在？』師曰：『此不可解，然但見其古，或者當時尚有闕文，亦未可知。』

按：此可不必問。且既曰『但見其古』，又曰『或有闕』，何也？後一條既援『蓬蓬白雲』之篇，而又謂中有缺處，此皆先生一時未定之論，無庸泥也。

一二

因言：『古樂府原有句有音，在當日句必大書，音必細注，後人相沿之久，並其細注之音誤認爲句，附會穿鑿，至於摹擬剽竊，毫無意義，而自命爲樂府，使人見之欲嘔。』

按：此爲剽竊者説，自是正論。至若『句必大書，音必細注』之説，亦未然也。請問『江南可采蓮，蓮葉何田田』，此二句初非東西南北之總挈語，而何以當時惟恐人不知蓮葉四旁有戲魚者，而必細注之？以此詮解樂府，愈增迷惑矣。

一三

如南中某公作樂府，有『妃來呼豨豨知之』之語，夫妃、呼、豨三字皆音也，今乃認妃作女，認豨作豕，一似豕真有知，豈非笑談？

唐人樂府惟有如太白蜀道難、烏夜啼，子美無家别、垂老别以及元、白、張、王諸作，不學前人樂府之貌而能得其神者，乃真樂府也。後人擬古諸篇，總是贗物。

按：此條極當。樂府被之管弦者尚不可以貌襲，而詩之古今體自抒事境者，乃轉可以貌襲耶？若推此條之理以論定何、李諸僞體，則格調之見早應銷化矣。先生論詩固有舉一反三之説，何不舉此論樂府，以遍證古今諸體詩乎？

一四

堪曰：『李、杜諸作固無假竊，然第未見其中有如古之所謂無字之音，不識被之管弦，其音將何如？』師曰：『恐亦未必可被之管弦。』堪曰：『古樂府之所謂音，即如今之工、上、四、尺乎？』師曰：

『然。』

又曰：『如伯牙水仙操一序妙絶，然其詩則殊不可解，料是其中有缺訛處。此等處必欲以意求之，則鑿矣。又如「蓬蓬白雲，一東一西，一南一北」，此亦「魚戲蓮葉東，魚戲蓮葉西，魚戲蓮葉南，魚戲蓮葉北」之類，料是其中有缺處。然在今日，但見其古。如杜子美杜鵑行首四句便是從此脱化得來。』

按：杜鵑行四語，注家亦有援古詩『江南採蓮』之説者，其實不必。〔一〕

【校記】

〔一〕此行手稿本裝訂被壓，據傳抄本補。

一五

又曰：『學詩先要辨門庭，不可墮入魔道。』

七月初八日，登州李鑒湖來謁問曰：『某頗有志於詩，而未知何學，學盛唐乎？學中晚乎？』師曰：『此無論「初」「盛」「中」「晚」也。「初」「盛」有「初」「盛」之真精神、真面目，「中」「晚」亦有「中」「晚」之真精神、真面目，學者從其性之所近，伐毛洗髓，務得其神，而不襲其貌，則勿論「初」「盛」「中」「晚」，皆可名家。不然，學「中」「晚」而止得其尖新，學「初」「盛」而止得其膚廓，則又勿論「初」「盛」「中」「晚」，均之無當也。』堪進曰：『然則三昧之選，前不及「初」，後不及「中」「晚」，是則何説？是非欲人但學盛唐而不及中晚之意乎？』師曰：『不然。吾蓋疾夫世之膚附盛唐者，但知學爲「九天閶闔」、

「萬國衣冠」之語而自命爲高華，自矜爲壯麗，按之其中毫無生氣，故有三昧集之選。要在剔出盛唐真面目與世人看，以見盛唐之詩，原非空殼子、大帽子話，其中藴藉風流，包含萬象，自足以兼前後諸公之長。彼世之但知學爲「九天閶闔」、「萬國衣冠」等語者，果盛唐之真面目、真精神乎？抑亦優孟、叔敖也？苟知此意，思過半矣。」

按：先生論詩曰典、曰遠、曰諧、曰則。此四言者，『典則』之内有一『真』字，而先生未拈出也。言者心之聲，心者，誰之心乎？文以意爲主，意者，誰之意乎？其要惟在一真而已。真也者，切己之謂也。夫人所處有時有地，彼不可以代此，後不能以移前，老不可以爲少壯之言，貴不可以作貧賤之語，處乎今日，不可以説昨日之語，不論登臨詠物、論古贈友，惟其中間有我在，有我之時地在，所以真也。不深究此理而惟膚廓之是徽，『九天』『萬國』之雄麗，『百年』『萬里』之屬對，『周禮』『漢官』之屬對，固非必盡真矣。而其貌爲空澄淡遠，冒爲韋左司，冒爲三昧空中之音、水中之月，人人皆作僧房入定之禪偈者，其與假冒『九天』『萬國』之雄麗者等耳。愚是以竊舉遺山與先生論詩絶句並深繹之，既爲之説而復申析於此。

是編不著何年，何端簡公，康熙己丑庶吉士。漁洋先生康熙甲申冬歸里，此篇之録，在乙酉、丙戌、丁亥之間，漁洋晚歲里居，端簡公未出仕時也。其後先大夫因端簡以受學於黄崑圃先生，端簡以漁洋詩集授先大夫。蓋何、黄二公皆受業於漁洋，而黄氏萬卷樓，惟有新城三十六種之書，未有手授説詩之帙也。方綱視學山東，始得見此刻本。又見端簡公手寫王季木問山亭詩集，其書無刻本，仍還之。而此編外間未有傳本，亦漁洋説詩之一種耳。

石洲詩話跋

張維屏

石洲詩話八卷，大興翁覃谿先生視學粤東，與學侶論詩所條記也。前五卷草稿久已失去，葉雲素農部忽於都中書肆購得之，持歸求先生作跋。先生因命人鈔存，又增評杜一卷，及附説元遺山、王漁洋論詩絶句兩卷，共成八卷。會先生門人襄平蔣公來督兩粤，因寄至節署，屬爲開雕。公命維屏董校勘之役。維屏既以詩辱知於先生，憶丁卯、戊辰寓京師，每清曉過蘇齋，先生輒爲論古人詩源流異同，亹亹不倦。一日詢及是編，徧撿弗獲。不意是書失去，遲之又久復還，而維屏於七千里外，乃得取而細讀之，且距先生視學時已四十餘年矣。今展卷坐對，不啻追侍杖履於古榕曜石間。文字之緣，抑何紆而愜也！至先生聞見之博，考訂之精，用心之勤，持論之正，是編特全鼎之一臠耳。比年同人築雲泉山館於白雲、蒲澗之麓，先生作雲泉詩見寄。適是書剞劂甫竣，而雲泉詩亦已上石，此又一重翰墨緣，因連綴及之。

嘉慶二十年四月八日，番禺後學張維屏謹跋。

（嘉慶二十年蔣攸銛刻本）

石洲詩話跋

伍崇曜

右石洲詩話八卷，亦覃谿先生撰。按，陸廷樞復初齋詩集序稱先生「蓋純乎以學爲詩者。自諸經傳疏，以及史傳之攷訂、金石文字之爬梳，皆貫徹洋溢於其詩」，亦篤論也。顧王蘭泉蒲褐山房詩話稱先生「詩宗江西派，出入山谷、誠齋間。雖嘗倣趙秋谷聲調譜，取唐、宋大家古詩，審其音節，刊示學者，然自作亦不能盡合也」云云；洪稚存卷施閣詩自注稱黄仲則悔存軒集「爲翁學士所删，凡稍涉綺語及飲酒諸詩皆不録入」，又北江詩話「翁閣學詩，如博士解經，苦無心得」，又「先是，誤傳閣學卒，余輓詩云：「最喜客談金石例，略嫌公少性靈詩。」蓋金石學爲公專門，詩則時時欲入考證也」云云；均有微詞，殆所謂文人相輕者，然如沈文慤選别裁一集，持論極正，則所學可知，而亦爲後人指摘，又豈獨先生乎？先生論詩宗旨，殆如施愚山所稱「如作室者，瓴甓木石，一一就平地築起」，固迥異華嚴樓閣也。是書蔣襄平相國曾開雕於粤東節署，迄今版已不存，特重梓之，俾世之談藝者取法焉。咸豐辛亥閏中秋後五日南海伍崇曜謹跋。

（咸豐元年粤雅堂叢書刻本）

後記

右談龍録一卷，清趙執信著。石洲詩話八卷，清翁方綱著。

執信字伸符，號秋谷，又號飴山老人。山東益都人。生於康熙元年（一六六二），卒於乾隆九年（一七四四）。康熙進士，曾官左贊善。因爲在『國恤』時期（康熙二十八年七月佟皇后之死）『違制』看洪昇長生殿的演出（當時規定百日之内不許作樂），被削官。時人有『可憐一曲長生殿，斷送功名到白頭』的詩，就是説他這件事。他是詩人，又是詩歌評論家，談龍録雖然是數量很少的薄薄一卷，但在當時以至於後來的影響却頗大。這一卷書差不多專是針對王士禛的『神韻』説而發的。

王士禛的『神韻』説，淵源於宋代嚴羽（其實不僅嚴羽，還可以遠溯到唐代司空圖，近迄明代李攀龍），循所謂『羚羊掛角，無迹可求』之説，構成他自己的詩論，主張詩要有一種朦朧之境，摇曳生姿，而又避免實指。這種作法，必得依賴風調之美。這風調，就是『神韻』。當時王氏之説傾天下，從理論到創作實踐，客觀上正起了掩蓋民族矛盾、階級矛盾的作用，爲取得全國政權未久的清王朝所歡迎。

執信於王氏深致不滿，談龍録中首尊馮班，繼舉吴喬，以示與王士禛異途。馮班鈍吟雜録中有嚴文糾繆，吴喬圍爐詩話中有『詩中須有人在』之説，都是反對嚴羽滄浪詩話的。『談龍』即談詩，王士禛説『詩如神龍，見其首不見其尾，或雲中露一爪一鱗而已，安得全體！』執信則以爲『龍之首尾完好，故宛然在』，只不過是『恍惚望見者，第指其一鱗一爪』罷了，決不可『拘於所見，以爲龍具在是』！書中於王士禛的作品如留別相送諸子、與友夜話等則譏彈之，於王士禛的唐詩選本如唐賢三昧集則貶抑之，於王士禛所讚賞者如汪懋麟詠浯溪磨厓碑則駁斥之。……又説王士禛爲人『素狹』，作詩太『愛好』，『如三河少年，風流自賞』，……許多刺語和微辭。其中好些話爲後來反對王士禛者所本，如袁枚的隨園詩話中就可以看到一些例證。

與談龍録爲姊妹篇的是聲調譜，那是揭『神韻』説之秘，選古人詩中對於聲調運用的範篇以告人的。但那書僅是一個在字句之旁標示聲調的古詩選本，所以没有把它輯入這套中國古典文學理論批評專著選輯。

趙執信之後，反對『神韻』説最力的是倡『性靈』説的袁枚。反對『性靈』説而欲救『神韻』説之失的是主『肌理』説的翁方綱。

方綱字正三，號覃谿。順天大興（今北京市）人。生於雍正十一年（一七三三），卒於嘉慶二十三年（一八一八）。乾隆進士，官至内閣學士。他是乾、嘉時代著名的金石學家，經學家，考據家，書法家，也是詩人。他的詩學出於黄叔琳，而叔琳得自王士禛，可以説他的詩學與王士禛有血緣關係。但他認爲『神韻』太『虚』，必須救以『肌理』之『實』。『理』就是義理加文理，他是這樣説的：

『理者，綜理也；經理也；條理也。尚書之文，直陳其事，而詩所以理之也。直陳其事者，非直言所能理，故必雅麗而後能理之。雅，正也；麗，葩也。韓子又謂「詩正而葩」者是也。』（復初齋文集卷十）『其於人則肌理也。』（同上）所以『詩必研諸肌理，而文必求實際』（同上文集卷四）。並祖述黄庭堅詩法，説『以質實爲本』。指出『唐詩妙境在虚處，宋詩妙境在實處』（石洲詩話卷四），因爲——『宋人之學，全在研理日精，觀書日富，因而論事日密。』又云：『談理至宋人而精，……詩則至宋而益加細密。蓋刻抉入裏，實非唐人所能囿也。』（同上詩話卷四）

崇『實』，是由於他是金石學家、考據家，乾、嘉之世的樸學之風也帶進詩學中來；尚『理』，似與當時桐城文派的談理學、做宋體詩有若離若合的關係。王士禛高唱『神韻』以尊唐；翁方綱拈出『肌理』，表面上未嘗薄唐，而骨子裏是揚宋。方綱詩學雖淵源於王士禛，然而他別是一家。試看他指點學詩之途，竟不取法王士禛而主張從朱彝尊：

『漁洋先生則超明人而入唐者也。竹垞先生則由元而入宋而入唐者也。然則二先生之路，今當奚從？……由竹垞之路爲穩實耳。』（同上詩話卷四）

石洲詩話卷一、二，評唐詩；卷三、四，評宋詩；卷五，評金、元詩；卷六，評王士禛的評杜；卷七，評元好問論詩絶句——與王士禛的論詩絶句有關；卷八，評王士禛論詩絶句。他的評法，是分代、分人的叙議，逐首、逐句的剖析，其『肌理』之見，隱約貫注於全書中，是一部比較有系統的古典詩歌理論批評著作。張維屏説他聞見博，考訂精，用心勤，信非過諛。至於説他持論正，那是不盡然的，我們應當用批判的眼光去看待。

談龍録用清詩話本作底本，石洲詩話用清嘉慶二十年廣州刻本作底本，校點出版。

陳邇冬

談龍録修訂後記

在乾隆六十年刊行的四庫全書總目中，曾言及：『近時揚州刻此書，欲調停二家之説，遂舉録中攻駁士禛之語，概爲删汰。於執信著書之意，全相乖忤，殊失其真。今仍以原本著録，而附論其紕繆如右。』指出的正爲談龍録最早行世的兩個版本之間，存在版本差異與意見分歧。總目所指的『原本』，實謂收入因園刻本趙執信飴山堂集的談龍録一卷，而『近時揚州刻此書』，指的是乾隆年間盧見曾雅雨堂刻本談龍録。袁枚隨園詩話卷五曾言『相傳所著談龍録痛詆阮亭，余索觀之，亦無甚牴牾』，所見或即是經過删節的雅雨堂本。鑒於因園刻本與雅雨堂本這兩個早期傳本均在當時讀書人之間産生過影響，也反映出了不同的版本面貌，本次修訂時，改以因園本爲底本，參校以雅雨堂本，雅雨堂本删汰條目及所增小注等，均出校記，並附入盧見曾重刻趙秋谷先生談龍録並聲調譜序及四庫全書總目之談龍録提要。其中，盧見曾文，載雅雨堂文集卷一，雅雨堂文集總目録，題此篇作『趙秋谷先生談龍録序』。盧見曾原擬刊刻趙執信飴山詩集並附談龍録，故作此文，後飴山詩集未刊，今雅雨堂本聲調譜談龍録前亦未收此序。

翁方綱撰石洲詩話始末考（代修訂後記）

翁方綱（一七三三—一八一八）石洲詩話的撰作，前後歷經四十餘年，其中，既有翁方綱詩學觀點中一以貫之的一面，亦有前後發展的一面。今存的翁方綱石洲詩話的刊本，主要包括蔣攸銛嘉慶二十年（一八一五）廣東刻八卷本、伍崇曜咸豐元年（一八五一）翻刻嘉慶本的粵雅堂叢書本，及從上述二本衍生出的石印本等。今存石洲詩話翁方綱稿本三種，包括翁方綱手校的石洲詩話卷一至卷五謄清稿本、石洲詩話卷七卷八手稿及題『石洲詩話卷十』手稿。石洲詩話卷九卷十另存傳抄本。

從翁方綱石洲詩話的稿本、刻本及傳抄本等來看，乾隆三十年至三十三年，翁方綱擔任廣東學政期間，完成了石洲詩話前五卷，並雇人謄抄爲謄清稿本，而五卷本亦爲石洲詩話最初面目。後來，這一稿本曾經歷過底本盜失、友人購回的曲折經過，一直未曾刊刻。嘉慶十七年，翁方綱重見昔日謄清稿本，於上校改誤字並略作修訂後，另外謄存一本。石洲詩話卷六的撰作，主要是對王士禛評杜一卷的評點，大約完成於嘉慶五年至十七年間。嘉慶十七年至十九年，翁方綱陸續撰成關於元好問論詩絶句與王士禛論詩絶句的評點，即石洲詩話卷七、卷八部分。嘉慶十九年至二十年，翁方綱以八卷石洲詩話稿交門人蔣攸銛於兩廣總督節署刊刻，由張維屏校勘，約在嘉慶二十年刊成，書板約於嘉慶二十一年九月寄至翁方綱北京寓所。

以下，兹據相關版本，略述翁方綱石洲詩話的編纂始末、版本源流和其中反映出的翁氏詩學發展：

一、石洲詩話前五卷的編纂與書稿盜失經過

石洲詩話五卷抄本，今南京圖書館與湖南省博物館有藏。其中，湖南省博物館藏本未見，具體内容與性質不詳。

南京圖書館藏石洲詩話五卷抄本，爲過雲樓舊藏，用左右雙邊紅格稿紙，半頁十二行，行二十字，白口，上單魚尾，魚尾下有卷次和頁數，其中，『自叙』頁版心書『叙』字，各卷版心書『卷幾』字樣。書中有翁方綱手跋、葉繼雯手跋和翁方綱的手校，另有書估模仿翁方綱字迹所作僞跋一篇。從翁方綱的手跋等來看，南京圖書館藏抄本的性質爲翁方綱在廣東履官期間寫定成稿後、約於乾隆三十三年（一七六八）請人謄抄的謄清稿本，而謄抄稿本上的校改，爲翁方綱嘉慶十七年（一八一二）再覩該本時的校改。

據石洲詩話自叙言：

自乙酉春，迨戊子夏，巡試諸郡。每與幕中二三同學，隔船窗論詩，有所剖析，隨手劄小條相付，積日既久，彙合遂得五百餘條。秋間，諸君皆散歸，又届報滿受代之時，坐小洲石畔，日與粤諸生申論諸家諸體。因取前所劄記散見者，又補益之，得八百餘條，令諸生各鈔一本，以省口講而備

> 遺忘，本非詩話也。時乾隆三十三年九月二十四日。覃谿記。〔二〕

可知此書爲翁方綱乾隆三十年乙酉至三十三年戊子（一七六五—一七六八）廣東試學時撰成，當時爲五卷本。隨後，翁方綱雇人謄寫爲謄清稿本。翁方綱在乾隆三十五年作有蘊齋寄湖筆並詩索予近著石洲詩話用黄文節松扇韻奉酬並寄象星一詩，可見蔡琇（號蘊齋）得知撰書之事並欲閲書。其後，至乾隆三十七年，該稿仍存而吉夢熊曾閲；之後，這份謄清稿本爲人盗去。至嘉慶九年（一八〇四），葉繼雯（字桐封，號雲素）購得該本，而在該謄清稿本末，已有一篇模仿翁方綱筆迹的僞跋，在僞跋後的板框内空處，有葉繼雯的手跋：

> 嘉慶九年，歲在甲子，秋八月朔日，漢陽葉繼雯得於廠市。借書舫珍藏。

下鈐『葉氏珍藏秘笈』朱長印。

約在嘉慶十七年壬申（一八一二），葉繼雯晤翁方綱，請翁方綱在謄清稿本上作跋，而翁方綱得以重見四十餘年前的舊稿並校改誤字。其中，卷一末，有翁方綱題識『嘉慶壬申十月二日覆核』一行，在卷首自叙後，亦有題識，言：

> 此五卷寫藁，失去數年，忽忽忘之矣，今爲雲素先生得之，借來覆核，始改其中訛字，因復謄存一本，又以漁洋評杜一卷附後。記壬辰秋，同年吉渭厓來予齋，見此，笑曰：『考求古人深意，不爽絫黍，何不用此於三傳三禮，豈不較熟精杜、蘇集，更有益乎？』予笑而不答也。蓋予讀諸經劄

〔二〕據石洲詩話謄清稿本，嘉慶刻本文幾同，唯無末句『記』字。

記，積存於篋者，未敢出以示人也。今諸經劄記手抄成帙者，已得七十餘卷。迴顧曩在藥洲亭檻間，光陰冉冉如昨，慙恧慙恧。嘉慶壬申十一月十日，八十老人方綱識。

下鈐『翁印方綱』白方、『覃谿』朱方二印。頁左下，復鈐有葉繼雯的『葉氏珍藏秘笈』朱方印。

由『謄存一本』可見，翁方綱在校改謄清稿本上的誤字後，曾另外録副一本，而這一録副本，可能是翁方綱手録，但從清代的傭書情形來看，更大的可能，還是翁方綱請人抄繕。『以漁洋評杜一卷附後』，指的便是今八卷刻本卷六的漁洋評杜摘記。由此可見，翁方綱在嘉慶十七年時，已有將漁洋評杜摘記納入石洲詩話的計劃。翁方綱以爲，張宗柟所刻帶經堂詩話的評杜一卷，真贋摻雜，有待辨析，故作此卷。該卷的具體撰作時間，也可以從此卷卷末題識得到線索。翁方綱題識中言『昔在山東學使廨，刻拙作小石帆亭著録六卷』，翁方綱山東學政之任，在乾隆五十六年至五十八年（一七九一——一七九三）；而『若夫讀杜之法，愚自有附記二十卷，非可以評語盡之也』，及此卷中所提及的『杜詩附記』等，實指翁方綱陸續所作杜詩的批校附記，約於嘉慶五年（一八〇〇）前後定稿爲二十卷本杜詩附記〔二〕。由此可知，石洲詩話卷六漁洋評杜摘記，不早於嘉慶五年完成。

翁方綱嘉慶九年（一八〇四）撰有陳荔峯學士典試粤東還出姚秋農學使所拓藥洲石上予舊刻詩記

〔二〕 翁方綱杜詩附記，今存手稿本，藏臺灣師範大學圖書館，外封爲補題，題作『翁批杜詩』，正文各卷卷首有『杜詩一』『杜詩二』等字樣，卷内間或有朱筆書『杜詩附記』者；另存傳抄本，今藏北京國家圖書館，題『杜詩附記』。

賦此二詩題於藥洲圖卷（復初齋詩集卷五八）：

七千里外芾棠陰，四十年前緑蘚深。南海潮來風雨夕，西齋樹下誦弦音。主賓對榻論文語，苕石同岑感舊心。編入藥洲詩話卷，後先衣盍在詞林。（乾隆（己）〔乙〕酉、戊子、庚寅、辛卯，凡四屆鄉試，每與典試諸公唱酬成册。今秋農與荔峯，此景依然也。予在使院撰藥洲詩話六卷。）

從詩意與小注來看，翁方綱追述自己乾隆三十年乙酉至三十六年辛卯廣東學政任上典試的往事，並言自己曾撰有六卷本的藥洲詩話。翁方綱另有『用年譜之式，分年提行』的家事略記〔二〕。在翁方綱『乾隆三十年』的記事中，言：『選拔諸生多留省數旬者，時來藥洲亭論詩，有藥洲詩話六卷。』均提及了六卷本藥洲詩話。廣東學政署爲五代十國南漢藥洲園林舊址，院池中有九曜石，故藥洲又名石洲。翁方綱石洲詩話謄清稿本上題識『迴顧曩在藥洲亭檻間，光陰冉冉如昨』，亦述此稿爲『藥洲』往事，而鑒於家事略記爲翁方綱晚年所著，最後幾年有逐年補充一年大事漸次撰成的可能，而翁方綱嘉慶九年所述與家世略記中談及的『藥洲詩話六卷』，或即爲石洲詩話。藥洲詩話的『六卷』之數，或因當時翁方綱前五卷書稿已佚，故對詩話的具體卷帙數量有記憶疏失，或爲嘉慶九年作詩和撰家事略記時，翁方綱已撰成漁洋評杜摘記一卷，並擬納入增補範疇，而當時的石洲詩話尚無卷七卷八部分。概而言之，聯繫翁方綱在謄清稿本上的題跋來看，至嘉慶十七年，石洲詩話卷七、卷八當尚未完成。

翁方綱手跋記乾隆三十七年壬辰（一七七二）吉夢熊（號渭厓）來訪，得見此本，可見當時書稿尚

〔二〕翁方綱家事略記，今存翁方綱手稿本（藏北京國家圖書館）和道光十六年（一八三六）英和刊刻本等。

未盗失。翁方綱隨後所述的『今諸經劄記手抄成帙者，已得七十餘卷』，實即翁方綱從乾隆五十八年癸丑起温肄諸經所得而至嘉慶年間陸續修訂的一系列以『附記』爲名的經學劄記的手稿。在今存的手稿本諸經附記中，有嘉慶元年至二十年的數次董理覆核的題記按語，而如同翁方綱手跋中所述，『蓋予讀諸經劄記，積存於篋者，未敢出以示人也』，這些劄記，迄翁方綱去世，一直未見刊刻，至光緒中，定州王氏得傳抄本的詩、禮記、論語、孟子的附記，刊入畿輔叢書，其餘各經則未見刊本〔二〕。

在謄清稿本的卷末，書估仿翁方綱歐體楷書字迹作僞跋，云：

> 此本余視學粵中，歸而手繕也。運毫固病纖弱，而前後四萬餘字，不旬日而成，洵非今日所能事也。噫，吾老矣，無能爲也已。　方綱又記。

下鈐『翁方綱』白方，『正三一字忠叙』朱方二印，均爲僞印。從僞跋來看，書估或見自叙而知此爲翁方綱所作詩話，爲擡價，將『運毫纖弱』之抄本號爲『稿本』，並仿翁方綱書迹作僞跋。末頁的僞跋與僞印，翁方綱以墨筆圈去，另於天頭及版心外空處，作跋文，言：

> 此是廣東雇人謄寫，訛字尚未全校改者，不知何人盗去，雲素先生偶買得之，今得借來重抄，亦幸矣。册尾竟有人僞作拙跋，荒唐已極。可笑！可笑！　壬申十一月朔。

〔二〕這些經學劄記，今有手稿藏美國柏克萊加州大學東亞圖書館、北京國家圖書館、北京大學圖書館、遼寧省圖書館、浙江圖書館等地，另有傳抄本多種，而手稿多有散佚，加上傳抄本與畿輔叢書刻本内容，尚不能恢復全帙。

下鈐『覃谿』朱方印。面對僞稱的手稿、跋尾、印章，翁方綱亦無可奈何。該謄清稿本的各卷卷首，亦有翁方綱的『覃谿』朱方印，同時，卷一末葉，有『東卿』朱方印，爲翁方綱門生、葉繼雯之子葉志詵經眼之印。

二、石洲詩話卷七、卷八手稿簡述

翁方綱在嘉慶十七年時，已撰成漁洋評杜摘記，並擬將之附爲石洲詩話『卷六』，而收入石洲詩話嘉慶刊本卷七元遺山論詩三十首和卷八王文簡戲仿元遺山論詩絶句三十五首的二卷，當在之後成稿。北京大學圖書館藏有翁方綱的墨蹟一摺册，内容爲翁方綱石洲詩話卷七、卷八的手稿本，其中塗乙修改之處甚多，屬初稿本。

該册外封題『翁覃溪評註元遺山王漁洋／論詩絶句手稿（俞樾跋）』，這一外封題字，當爲後人據俞樾跋語擬定，而北京大學圖書館館藏目録中書名，據外封著録。從二卷的具體内容來看，手稿二卷，分别題作『元遺山論詩絶句附説』與『王文簡戲仿元遺山論詩絶句附説』，『附説』『附記』等名，是翁方綱對自己讀書時有所感而單行的札記常用的擬名，手稿中卷端題名，與後來嘉慶刻本中各卷改『附説』爲『三十首』、『三十五首』有别，從嘉慶刻本張維屏跋語『附説元遺山、王漁洋論詩絶句兩卷』來看，卷中標題的更定，當爲刊刻時所改。摺册中，未見『石洲詩話』之名，從二卷卷端題名來看，此二卷在撰作之時，似並未擬定收入石洲詩話，而最終附入。

手稿摺册，用半頁十一行、左右雙邊黑格稿紙，版心爲上下雙魚尾，而版心處，未題書名、頁數等。

翁方綱手稿内容，共計二十五頁，每行約十三字至十六字不等，手稿上，除『北京大學臧書』朱方外，無鈐印。在書寫行款上，逐録元好問、王士禛詩時頂格抄，翁氏附説，則低一至二格書寫。元好問、王士禛詩原有自注，翁方綱偶爾亦逐録，但多數情况下，並不逐録。部分手稿頁面中，翁方綱刻意以字體來區分，逐録元好問、王士禛詩時用楷體，附説則以行書書寫，但字體的區分並不嚴格。摺册中多有修改乙正的痕迹，從修訂痕迹來看，不少原爲筆誤，翁方綱隨手圈去，並於墨圈下改書正確文字，有少量爲旁校修改，從修改痕迹可知，這份手稿當爲手書初稿。

摺册末，有俞樾手跋兩段，書於無格稿紙上，共二頁，作：

此卷無書撰人姓名，傳爲覃溪先生筆。故人蘭坡中丞所藏，其嗣君小坡孝廉出以示余，余觀之，真覃溪筆也。非獨書法相近，其論詩大旨亦脗合，又以先生復初齋文集證之，如云『迪功少負雋才，惜空同事以模仿爲能事，以其能事，既其良友，故所造僅僅如此』，則集中徐昌穀詩論第一篇，固有此説，又云『邊仲子詩稿，漁洋以紅筆圈點，或改一二字，此句「疏雨欲沾衣」，實是「疏」字，漁洋改「林」字，爲非』，則集中跋邊仲子詩，固有此説，是爲先生筆無疑矣，又先生嘗作元遺山年譜，而此論刻遺山集，云『以拙撰年譜附入』，亦其明證也。

光緒辛巳歲仲春月，曲園俞樾記。

卷中所載同時之人如紀曉嵐、陸耳山，皆甚著。惟李南磵稍晦，先生集中有李南磵墓表，云：『諱文藻，字素伯，號南磵，山東益都人。』樾又記。

俞樾跋後，鈐有『曲園居士』朱方及『北京大學臧書』朱方。

從跋文來看，俞樾並未檢出此二卷實屬翁方綱石洲詩話，而通過筆迹比核與詩論思想、著述自陳等，論定此確爲翁方綱所書。

翁方綱石洲詩話卷五曾言，元好問論詩絶句『已開阮亭「神韻」二字之端矣，但未説出耳』，故翁方綱以爲元好問、王士禛在詩學上有密切關聯，且今存的手稿來看，二卷合爲一册，大抵同時所作。那麽，此二卷是否有具體的撰寫年代可考呢？在石洲詩話卷七中，翁方綱言：

> 四十年前，愚在粵東藥洲亭上，與諸門人論詩，嘗有韋柳詩話一卷，意竊取於此。

其中提及的韋柳詩話，今未見傳本，翁方綱乾隆五十二年（一七八七）成書的復初齋王漁洋詩評中，曾有『十五年前，嘗撰韋柳詩話一卷』之述，可知韋柳詩話當成於乾隆三十七年（一七七二）[二]。『四十年』的計數可能爲約數，與翁方綱在嘉慶十七年謄清稿本上的題跋可相印證，知石洲詩話的卷七與卷八，約作於於嘉慶十七年之後，不晚於石洲詩話刊梓的嘉慶十九、二十年（一八一四、一八一五）。

三、石洲詩話八卷本的刊成及其與謄清稿本、手稿本之關係

在翁方綱嘉慶十八年（一八一三）七月五日寫給石韞玉的書札中，曾言及『又舊作詩話，今始托礪

[二] 另外，乾隆五十七年（一七九二），翁方綱作小石帆亭著録六卷刻成有述二首（復初齋詩集卷四四），言：『韋柳分刊間，豈敢空評量？』有自注：『方綱嘗撰韋柳詩話一卷。』或許韋柳詩話一稿一直藏於翁氏篋中，而終致散佚。

堂刻之。』〔二〕可知當時翁方綱已囑託時任兩廣總督的蔣攸銛（號礪堂）刊刻石洲詩話，但囑託之時，翁方綱是否已撰定石洲詩話的卷七、卷八部分，尚不可知。翁方綱寄出石洲詩話的刊刻用稿本，當稍晚於此，而寄出的記録，見於翁方綱嘉慶十九年起所撰蘇齋筆記中。其中，不晚於嘉慶二十年正月撰成的蘇齋筆記卷十一中，記道：

> 予在粤東，著石洲詩話，今始以其艸寄粤刻之。番禺舉人張維屏來云：『先生此編，作於藥洲之上，何不論次粤人詩乎？』予笑而未應也。蓋詩不當以方隅分派目之耳。〔三〕

『今始以其艸寄粤刻之』，當爲翁方綱遲至嘉慶十九年、二十年間寄出書稿之證。石洲詩話的刊刻，由張維屏負責校勘，蘇齋筆記中所記『來云』，爲刊刻中翁方綱與張維屏書札往還之記録。

在石洲詩話蔣攸銛刻本最末，有嘉慶二十年四月八日張維屏跋，言：

> 石洲詩話八卷，大興翁覃谿先生視學粤東，與學侶論詩所條記也。前五卷草稿久已失去，葉雲素農部忽於都中書肆購得之，持歸求先生作跋。先生因命人鈔存，又增評杜一卷，及附説元遺山、王漁洋論詩絶句兩卷，共成八卷。會先生門人襄平蔣公來督兩粤，因寄至節署，屬爲開雕。公

〔二〕翁方綱致石韞玉書六，沈津自浙江圖書館藏朋舊尺牘真迹輯出，見翁方綱撰，沈津輯翁方綱題跋手札集録，廣西師範大學出版社，二〇〇二年，第五〇九頁。

〔三〕翁方綱著，蘇齋筆記手稿本，卷十一，頁十b。蘇齋筆記卷十一卷首的翁氏覆核日期，書『乙亥正月廿三日覆核。二月廿六日覆核。八月廿三日覆核。』由此可知，此卷不晚於嘉慶二十年正月完成。

命維屏董校勘之役。維屏既以詩辱知於先生，憶丁卯、戊辰寓京師，每清曉過蘇齋，先生輒爲論古人詩源流異同，亹亹不倦。一日詢及是編，遍檢弗獲，不意是書失去，遲之又久復還。而維屏於七千里外，乃得取而細讀之，且距先生視學時已四十餘年矣。

在張維屏跋中所叙的稿件失而復得之事，正與石洲詩話五卷謄清稿本上題跋相合；而前五卷『命人鈔存』，亦與翁方綱所述『謄存一本』相合。

石洲詩話在廣東刊成後，書板約在一年後的嘉慶二十一年九月歸於時在北京的翁方綱處，十月，翁方綱與朝鮮金正喜書札，言：『新刻板石洲詩話八卷，凡二册，此板上月纔到，刷印未多，謹先寄上三部。』〔二〕

蔣攸銛刊石洲詩話八卷刻本，左右雙邊，半頁十行，行二十一字，白口，框高一九九毫米，寬一四七毫米，上單魚尾，魚尾上鐫『石洲詩話』，魚尾下有『自叙』『卷幾』『跋』字樣，版心下方有頁數。

就卷一至卷五而言，比勘南圖藏翁方綱手校謄清稿本與蔣攸銛刊本，可知翁方綱對乾隆年間的五卷舊稿所作更定，蔣刻本大多遵循，另有少量異文，在手校謄清稿本上無徵，可能是翁方綱另外在自己從葉繼雯處『謄存一本』的録副本上做了修訂。由此可知，蔣攸銛刊石洲詩話八卷本的前五卷的底本，當爲翁方綱校閲畢謄清稿本後另行謄出的録副本。從乾隆三十三年的謄清稿本，至嘉慶十七年翁方

〔二〕藤塚鄰著，藤塚明直編清朝文化東傳の研究：嘉慶道光学壇と李朝の金阮堂，國書刊行會，一九七五年，第二二〇頁。

綱的更改校定，再到嘉慶刻本的寫樣刊刻，石洲詩話前五卷的文本最終定型。

謄清稿本爲翁方綱請人謄抄，故翁方綱的手校中，部分校改，實爲原抄有訛誤，翁方綱改定其中的別字，如『党竹谿』之『党』，謄清稿本原誤作『黨』，故有校改。此外，翁方綱也更定了謄抄中部分文字的正俗字，如改『胆』爲『膽』，改『証』爲『證』，改『托』爲『託』等，其中，『証』字的校改，翁方綱雖屢出校記，仍多有遺漏，而嘉慶刻本在刊刻時多已更正爲『證』字。

翁方綱在謄清稿本上更多的校改，主要體現在對文辭的修改和舊日條目的删削上。在文辭的覆核修改上，可以看出，翁方綱乾隆年間作詩話時，曾針對吴之振宋詩鈔的遴選提出不少意見，而詩話中徵引的宋詩，實亦多本吴之振宋詩鈔，而嘉慶年間的修訂，則間或依作者本集改定，如卷四引黄庭堅詩句『揚州風物鬢成絲』，在謄清稿本上『物』原作『動』，同宋詩鈔卷二八之訛誤，而在嘉慶年間手校時，便已據黄庭堅别集改作『物』，後來的石洲詩話刻本，亦不誤。

在修改過程中，翁方綱主要以删削爲主，對舊日詩説不甚滿意處，往往在文字的起訖處勾勒『「」』以示删除，而並未新增條目。如卷四中，原有一則，作：

洪玉父滕王閣憶侍兒二絶句頗佳，其爲葉少藴歌閲駿馬圖篇中，有云：『葉公好尚有祖風，苦變真龍似畫龍。』按，葉公好龍，自音涉，而葉少藴之姓，豈音涉乎？

後翁方綱框去以示删除，天頭另有行書校語：『此條誤也。葉本音涉，即今葉姓，無二字。』對於昔日誤説予以辨析與删改。石洲詩話謄清稿本中，原有三處言及錢謙益，翁方綱均有删改，包括論及錢注杜詩、列朝詩集和一處引錢謙益詩。同時，嘉慶年間的修改中，翁方綱在兩處改初稿中的『漁洋先生』

爲『漁洋』，删去『先生』二字，顯現出一絲微妙的態度轉變——不過前五卷中仍有大量的『漁洋先生』『阮亭先生』的字樣，且前五卷中對王士禛説多尊重援引。

在翁方綱删改舊稿之後，這些謄清稿本中原有的條目，在石洲詩話蔣刻本中往往遵從。唯石洲詩話卷五『玉山主人云所謂嬉春體』一條中，今蔣刻本有『先生謂詩人多爲宋體所梏，故作此體變之云』十九字，在謄清稿本中，『謂詩人多爲』五字，原作『自謂代之詩人爲』六字，謄清稿本中辭句，與顧瑛（玉山主人）嬉春體自注合。謄清稿本中前後二十字，翁方綱有框去删除之符號，或爲輾轉録副時，録副者未注意到删削的符號，這一句仍保留在蔣刻本中，且字詞有小别。

在謄清稿本和八卷刻本中，均以换段的方式來表示條目的分則。在同一條目内再分段的情況下，均在條目中加『○』以示分隔。在乾隆三十三年所作自叙中，翁方綱言最初的五卷本『因取前所劄記散見者，又補益之，得八百餘條』，但在嘉慶年間的修訂中，僅删削而不復增補，亦有少量的條目在謄清稿本中原分爲多則而在蔣刻本中連爲一則，致最終前五卷的條目數不滿『八百餘條』。

嘉慶刻本以翁方綱謄存本爲底本，經寫樣上板，亦難免有手民之誤。如石洲詩話卷一引杜甫三川觀水漲『雲雷屯不足』句，『足』訛作『已』； 卷三引蘇軾次韵和王鞏六首（其二）『櫟林斬冬炭』句，『斬』訛作『軒』； 卷四『宋詩鈔品之曰「宋詩宗祖」』，『宗祖』訛作『宋祖』〔二〕； 卷四引梅堯臣依韻和胡武平懷京下游好中『南國易悲愁』句，『愁』訛作『秋』。 這些訛誤，核以乾隆年間的謄清稿本，可知原

〔二〕 今按，吴之振編宋詩鈔卷二八山谷詩鈔下，評黄庭堅爲『宋詩家宗祖』，亦知當作『宗』。

抄不誤，而當在輾轉傳抄、寫樣、刊刻的過程中出現。

就卷七、卷八而言，北大藏手稿本的圈改塗乙，反映的往往爲翁方綱構思時隨文訂正，而這些修改塗乙，並非翁方綱後來覆校、覆核時的更定。

比勘石洲詩話卷七卷、八手稿部分與石洲詩話刻本部分，兩者之間，仍存在不少異文，從手稿未經謄清，不見翁方綱另行校正的痕迹，且手稿中確實存在誤字等來看〔二〕，這部分手稿應該並非最後刊刻的直接底稿，在刊刻之前，很有可能先另行請人謄清，經翁方綱修改誤字後，寄至廣東。與此同時，在刊刻時，還補録了全部的元好問、王士禛論詩絶句之自注，經寫樣後上板刊刻。

石洲詩話八卷刻本中前五卷與後三卷並非同時成書，翁方綱雖然在嘉慶十七年校訂時，删去了部分『漁洋先生』之『先生』二字，並框去不少先前的觀點、條目，對部分舊稿予以了改正，但總體來説，翁方綱對大多數舊見保持舊樣。至嘉慶年間，翁方綱陸續撰寫了石洲詩話的後三卷，則對王士禛的詩學主張，轉爲接受與批判兼而有之的態度，增多了不少商榷之辭，這在石洲詩話卷六至卷八中體現得較爲明顯。石洲詩話的八卷本，本非成於一時，只不過最終刊定於一時。具體來説，乾隆三十三年撰成前五卷，後三卷完成於嘉慶年間，其中卷六稍早而卷七卷八稍晚。全書並非和諧統一的整體，包含了翁方綱前後不盡相同的詩學主張。

〔二〕 如卷八第十六則引邊習詩『疏雨欲沾衣』，『欲』，手稿誤作『忽』，蔣刻本作『欲』，不誤。

四、石洲詩話卷九、卷十簡述

翁方綱的石洲詩話刻本僅見八卷本，而翁方綱另撰有卷九、卷十，上海圖書館藏石洲詩話卷十手稿本，收録於蘇齋存稿五種之中。翁氏書於無格稿紙之上，手稿内容共二十三頁，每半頁八行至十行不等，行字不一，每行約三十字，其中塗乙修改之處甚多，屬初稿本。

稿本卷十，首書：

石洲詩話　卷第十

大興翁方綱

何端簡公然燈紀聞〔二〕一卷原本。方綱附記。

此卷是端簡公所撰，方綱全録於此，附以管見，非若前卷偶節録也。

然燈紀聞

新城何世瑾述

漁洋夫子口授

從内容上來説，石洲詩話卷十，實爲翁方綱針對王士禛口授、何世瑾所述然燈紀聞作評論，而翁方

〔二〕今按，『紀』，據王士禛口授，何世瑾述然燈記聞，當作『記』，本文基本依各本原稿不改。

綱全文迻録然燈紀聞，迻録時，均頂格書寫； 闡述己見的『附記』部分，則低一格書。

卷九、卷十，今國家圖書館藏傳抄本一册，著録題作『石洲詩話』。 抄本用紙捻草裝，外封無字。 抄本僅抄石洲詩話卷九、卷十之内容，用無格稿紙，半頁十行，行三十二字。 正文首頁，鈐有『小艸有遠志相依在平生』之朱方閒章及『北京圖書館臧』朱長印。

卷九部分，首行作『石洲詩話卷第九』，次空一行，第三行作『漁洋詩問附記』，第四行起爲正文。其中，摘記漁洋山人詩問，均頂格抄； 闡述翁方綱己見的『附記』，則低一格抄。 卷十部分，首行作『石洲詩話卷第十』，次空一行，第三行起，抄『何端簡公然燈紀聞』云云，與手稿本幾乎一致，唯無手稿本卷十第二行的『大興翁方綱』之署名。 傳抄本上有塗乙。 其中，誤抄之字，徑行點去，脱漏之字，則校補於旁。 另外，天頭處有少量與原抄不同的佚名校勘，但校語價值不大。 校勘石洲詩話卷十的手稿本與傳抄本，可以發現，傳抄本中出現了誤衍、誤脱、訛字等文本流傳中出現的錯誤，唯手稿本中有一處，因後來裝訂書根較緊，壓去一行文字，賴傳抄本得以識認。

倫明漁洋山人著書考〔二〕曾著録所得石洲詩話卷九、卷十兩卷抄本：

漁洋詩問附記一卷（舊鈔本），翁方綱撰。 於漁洋答意，多所闡發，僅八條。 此書無刻本，余得抄本石洲詩話九、十兩卷，此即九卷，其十卷乃然燈紀聞附記也。 石洲詩話刻本止八卷。

然燈紀聞附記一卷（舊鈔本），翁方綱撰。 亦發揮漁洋論詩之旨，其中『歐、蘇、黄七律，必不可

〔二〕 燕京學報，一九二九年第五期，第九二九—九三〇頁。

學』一條，痛駁原説最詳。末記云：『是編不著何年。漁洋於康熙甲申冬歸里，此編之録在乙酉、丙戌、丁亥之間，漁洋晚歲里居，端簡公未出仕時也。』

按，覃谿好説詩，與漁洋同。其於漁洋原説，從者什六七，違者什三四，合而觀之，則可互相發明也。

從這一記載來看，倫明所見的當爲翁方綱石洲詩話卷九、卷十的舊鈔本内容，與今傳抄本内容吻合。

從翁方綱石洲詩話的設計來看，卷五之後，附入刊本的三卷均與王士禛之詩論有關。在翁方綱看來，卷九是對漁洋山人詩問中王士禛説的研析，也呼應了『前卷』即石洲詩話卷六評杜中的觀點，而卷十的撰作，如稿本所記：『愚是以竊舉遺山與先生論詩絶句並深繹之，既爲之説而復申析於此。』以『附記』的形式對詩問、然燈紀聞進行評價與駁正，與翁方綱之前所撰的石洲詩話卷七、卷八等，從理路上來説，正一脈相承。如同翁方綱卷十手稿的『方綱全録於此，附以管見，非若前卷偶節録也』所述石洲詩話卷九部分，爲翁方綱摘録漁洋詩問並作附記，内容共有八條；而卷十爲全録然燈紀聞並作附記，共有十五條。石洲詩話卷九中，並無跋語等交代創作始末，而從卷十的記録來看，兩卷的寫作，似有著緊密的聯繫。

從詩學主張上來看，石洲詩話卷九、卷十這兩卷，立論亦彼此關聯。如翁方綱探討古體中用字、用句之問題，强調『乘承變轉之勢』、音節之不可拘泥，而不認同王士禛提出的『萬不可入律句』、執於一定的平仄法則。翁方綱批評明人『貌襲格調』，指出王士禛的『神韻』説，實有從明人『格調』説而出的一面。同時，詩學上，翁方綱主張『肌理』之説，但刻本的石洲詩話中，因爲反映的實多爲翁方綱早年詩説，並未見『肌理』的深入探討，而在卷九、卷十，翁方綱於『肌理』説之内涵有細致研析。

據石洲詩話卷十手稿，言『方綱視學山東，始得見此刻本』，且翁方綱作於乾隆五十六年九月的奉使視學山東道中述懷三首有自注：『篋中適攜漁洋載書圖，真迹也。然燈紀聞，何文簡公撰。』由此可知，翁方綱約在此時得到然燈記聞刻本。後翁方綱嘉慶十二年作詩，自注『方綱嘗見端簡公然燈紀聞手藁』，則翁方綱又曾見何世璂之手稿。不過，在這些詩歌中，對於然燈記聞中的詩學觀點，則並無闡發與評述，至嘉慶二十年夏，翁方綱另作有書何端簡公然燈紀聞後二首，則針對然燈記聞中具體主張，有所闡發，而詩中意見，與石洲詩話卷十中相合。如翁方綱詩中的『深之造平淡，淺矣言風致。平淡而非真，尚涉虛夸事。學古豈貌古，一本于言志。』正對應於然燈紀聞中何世璂所記王士禛説：『爲詩先從風致入手，久之要造於平淡』，『爲詩總要古，吴梅村先生詩，盡態極妍，然只是欠一「古」字』，而翁方綱石洲詩話卷十中，各有按語，闡發己見，言：『平淡者，天然成就之境候，不可以人力勉爲之，詩至於平淡之境，誰能力造耶？昌黎云：「姦窮怪變得，往往造平淡。」正是馳騁才力之後之真境耳。』『詩無貌古之理，古必天然神到，自然入古，亦猶平淡之不可以强爲也，豈可云詩必求其古哉？』至二十一年，翁方綱復作跋然燈記聞六首，其三、其四爲：

盛唐格調費摹臨，何李登場枉用心。早識如姬竊符巧，不如貌取寂寥音。

瓣香且莫效文房，七子登壇最擅場。屠估猶然目元白，何知世更有蘇黄。

其中觀點，正與翁方綱石洲詩話卷十中批評李夢陽、何景明等『貌取』唐人詩歌、反對王士禛提出的『尤宜熟玩劉文房諸作』等相一致。由此看來，嘉慶二十年、二十一年，翁方綱先後兩次以議論爲詩，在詩歌中表達對然燈記聞中詩學主張的商榷，而這些觀點與石洲詩話卷十稿本的然燈紀聞附記相呼應，而與之前翁方綱往往僅以然燈紀聞作爲王士禛、何世璂間詩學授受之『然燈』『瓣香』典故不同，可知石洲詩話卷十的稿本部分，大抵於此時撰定，而當時石洲詩話八卷本已寄出刊刻。

與卷七、卷八的手稿類似，石洲詩話卷十的翁方綱手稿中的圈改塗乙，亦爲翁方綱構思撰文時的修改。從手稿中翁方綱曾用朱筆書『次十五字，分二行注於「效其貌者也」下』『皆低一格』等手批行款來看，翁方綱曾請人謄清此卷稿本，故用朱筆書寫謄清時的格式要求。不過，晚景淒凉的翁方綱，常常感慨難覓合適之人謄清手稿，而石洲詩話卷九卷十，也一直未曾增補後付梓，成爲了翁方綱秘而不宣的撰作，最終隨著翁方綱的去世而書籍四散〔二〕。

另外，一九二二年王文進夢莊抄本松坡圖書館藏目，有『石洲詩話補，二，清翁方綱，稿本』〔三〕，所著

〔二〕翁方綱身後書散，可參見後來葉志詵寄予金正喜之信札：『癸巳夏（按，道光十三年，一八三三年），忽被徵召，敦迫出山，兼以長子謬膺鄉舉，例常入都會試，因仍攜老妻，挈兒孫輩，重來都門，虎坊寓址，掃塵而居。蘇齋之孫引達，曩曾托孤於詵，延師教讀，且爲其授室生子，大可成立，豈料詵庚寅（按，道光十年，一八三〇年）秋旋里之後，爲其親串匪徒所誘，日事游蕩，廠中不肖書畫賈，設計盤剥，遂將石墨書樓所藏手澤，概行賤售，迨詵來都，只存空屋數楹，惟有仰天浩歎而已，傷哉痛哉！』（藤塚鄰著，藤塚明直編清朝文化東傳の研究：嘉慶道光学壇と李朝の金阮堂，國書刊行會，一九七五年，第二二六頁。）

〔三〕松坡圖書館藏目，北京國家圖書館藏本。

録的『石洲詩話補』的内容，今不得詳考。

五、石洲詩話新版修訂簡述

根據對翁方綱石洲詩話存世稿本與刻本的比勘，本次修訂石洲詩話，補充了南京圖書館藏翁方綱手校石洲詩話前五卷謄清稿本（以下稱『謄清稿本』）、北京大學圖書館藏翁方綱石洲詩話卷七卷八手稿本、國家圖書館藏石洲詩話卷九卷十傳抄本與上海圖書館藏翁方綱石洲詩話卷十手稿本的資料。其中，因稿本性質的不同、有無刻本等，各本的校勘運用，亦有所不同，以下謹作説明：

（一）修訂版前八卷，仍以嘉慶蔣刻八卷本爲底本。據傳抄本補入卷九内容；據手稿本、傳抄本補入卷十内容。

（二）以校勘記形式，注存翁方綱謄清稿本、卷七卷八手稿本與蔣刻本異同，並校勘正文。

（三）前五卷，先校嘉慶刻本與謄清稿本原抄異同。據謄清稿本及别集、總集等，可證屬蔣刻本誤刻者，則據以校改。若謄清稿本與蔣刻本有異文而無翁方綱校改痕迹者，則不改。謄清稿本與蔣刻本分則不同者，亦出校。

（四）謄清稿本反映翁方綱前後修改過程、詩學觀點變化，如有翁方綱嘉慶年間手校者，則另注翁方綱校改圈乙面貌。

（五）卷七卷八爲翁方綱手稿本，其圈改塗乙，屬翁方綱構思時所作修訂，不出校，僅出校手稿本與蔣刻本異文。

（六）卷九底本爲傳抄本，可判斷爲傳抄誤字及部分他校成果，另出校記。

（七）卷十底本爲翁方綱手稿本，其圈改塗乙，屬翁方綱構思時所作修訂，不出校。部分可判斷爲翁方綱筆誤者，則另出校記。傳抄本從手稿本出，轉增訛誤，不出校。唯據傳抄本補入手稿本裝訂時壓没文字一行。整理時，卷名、卷端注釋等，不依底本，參酌石洲詩話卷五至卷八體例，略作更定，改以『然燈記聞附記』爲卷名，改『新城何世璂述，漁洋夫子口授』爲卷端注釋，特此説明。

（八）書後，另增補粵雅堂叢書本伍崇曜跋一篇。其他稿本上題跋，已見本文，兹不重載。

二書修訂再版中，還更正了舊版中部分標點錯誤。條目分則上，舊版中有的依文意將前後有關聯的條目合計爲一則，新版中結合稿本等，嚴格依照底本分則計數，也請讀者留意。修訂的校點工作，主要由董岑仕完成。

人民文學出版社編輯部

二〇一九年八月